Vamos chamá-la de Maria

Vamos chamá-la de Maria

Adriana Armony

Editor
Marcelo Nocelli

Revisão
Marcelo Nocelli
Natália Souza

Imagem de capa
Augusto Herkenhoff, *Casal do Amarelo*, tinta acrílica sobre papel

Design e editoração eletrônica
Negrito Produção Editorial

Dados Internacionais de Catalogação na Publicação (CIP)
Bibliotecária Juliana Farias Motta (CRB 7/5880)

Armony, Adriana, 1969-
Vamos chamá-la de Maria / Adriana Armony. – 1. ed. São Paulo: Reformatório, 2023.
112 p.: 14 x 21 cm

ISBN 978-65-88091-79-1

1. Ficção brasileira. I. Título.

A733v CDD B869.3

Índices para catálogo sistemático:
1. Ficção brasileira

EDITORA REFORMATÓRIO
www.reformatorio.com.br

Para todas elas

DAVA VONTADE de pular no algodão, de rolar no tapete de nuvem. A janela era igualzinha um olho de boneca. Ela levantou até o final a pálpebra cor de creme. Ninguém tinha avisado que no avião tudo parecia de brinquedo. A comida no pratinho, os talheres minúsculos, os corredores arredondados, os sorrisos de desenho animado. Também não tinham dito que ficava tudo parado, um pássaro de aço mais rápido que o vento e parado.

Por fora, o avião corre desembestado. A brancura dura para sempre. De repente o tapete começa a se esgarçar, e entre os fiapos de nuvem ela vê os contornos de uma cidade. Lisboa.

Gosta do nome Lisboa porque dentro dele tem a palavra "boa". Lisboa boa. E Lis era lindo; queria ter dado esse nome para a filha: Lis, Lisbela... Na época da gravidez, a patroa, uma artista, sugeriu o nome Jaqueline, nome estrangeiro, de primeira dama. Nem deu tempo de saber se a menina tinha cara mesmo de Jaqueline. Quando voltou da licença-maternidade, informaram que não precisariam mais dos seus serviços.

O aeroporto era liso e limpo. Fez tudo direitinho e passou sem problemas pela imigração. Só ficou nervosa quando o homem ficou encarando a foto do passaporte. Não tinha um centavo na carteira, não sabia direito aonde ia ou o que faria. Mas eles estavam cuidando de tudo.

Abriram o portão. Lá fora, um homem esperava. Tinha sobrancelhas grossas e um ar cansado, como se a repetição dos fatos o irritasse. Hoje é só você, disse, com sotaque. Segurou seu cotovelo e pacientemente a conduziu para fora do aeroporto.

Na janela do carro passava a cidade, igual e diferente. Era sua primeira vez fora do país. As viagens nos ônibus quentes, cheirando a galinha, tinham ficado para trás. Não mais a poeira seca, o barulho das tralhas no bagageiro, a gritaria misturada. O carro deslizava no silêncio do ar condicionado. O homem pediu seu passaporte para registrar o contrato de trabalho e ela deu. Desceram numa estação de trem. Achou tudo lindo: o teto lá no alto, os painéis gigantes, coloridos. Pena que não deu tempo de aproveitar; agora já sentava no trem e depois em outro carro.

Está agora em frente a um portão imenso e chique. Era pesado e cheio de voltas. Como se trançado em ferro, aqui e ali desabrochava uma flor ou um fruto mineral. Uma senhora loira a recebeu com um sorriso estranho na boca pintada. Quer perguntar qual é o trabalho que fará e quando começa, mas é tarde e a mulher fala rápido e embolado. Entende que dormirá no quartinho com outra garota e no dia seguinte receberá as instruções.

Está exausta. Na cama ao lado, pende uma perna morena. Fecha os olhos e sonha com uma cama de nuvem.

No dia seguinte, mandam as meninas descerem. Eram várias saindo dos quartinhos. As novatas, diziam. Ela lava o rosto e se junta à fila de mulheres ainda vestidas com as roupas amarrotadas da viagem, ao encontro do destino.

Vejo a pele preta e as mãos de palmas grossas. Mãos que seguraram enxadas, esfregões, bebês, e agora agarram o corrimão da escada em caracol. Ela olha para o salão, onde passam mulheres de calcinha, os peitos nus balançando.

Vamos chamá-la de Maria.

DA VARANDA do meu apartamento, acompanho o trajeto do avião. Estou acostumada: meu prédio fica na rota do aeroporto Santos Dumont. É um dia de verão perfeito. Entre os edifícios, o mar reflete barquinhos brancos contra o azul profundo.

Foi num dia branco assim. O mar se estendia até o infinito. Era a minha primeira vez num navio, um cruzeiro escolhido entre vários de um prospecto colorido. No convés, no entanto, tudo era meio deprimente. Crianças lambuzadas de sorvete gritavam histéricas, grupos infantilizados copiavam coreografias de um animador musculoso. Ignorantes da viagem, adultos de todas as idades e tamanhos comiam olhando a TV suspensa nos bares estrategicamente situados ao lado das piscinas. Eram três, cada uma um microuniverso de comida e diversão.

Minha filha Alice estava com sete anos. Eu tinha me separado há pouco tempo e pedira para minha mãe me acompanhar. Era consolador saber que haveria uma programação com recreadores, piscinas, refeições prontas em restaurantes diversos, tudo pré-pago, de modo que eu não precisaria me preocupar com nada.

E o mar. Eu fechava os olhos e via meus avós, imigrantes a caminho do Brasil, as roupas pretas e gastas queimando sob o sol. A água ondulante me fazia sonhar com viagens transatlânticas de uma elegância extinta.

Por exemplo, os tripulantes e o fascínio ancestral do uniforme. Sonhava com normalistas, com mulheres bem vestidas da primeira metade do século XX. Olhavam de soslaio, sussurravam e riam, cobrindo a boca com mãos delicadas. Os risos delas se misturavam aos gritos das crianças e me recobriam como um véu.

Então o véu se abriu. Um marinheiro me olhava insistentemente. Estava parado ao lado da minha espreguiçadeira, um homem grande e confuso. Saberia mais tarde que se chamava Federico. Por enquanto, só sei que é italiano e cheira a sal. Ele se desculpou – *scusa* – e só então percebi que tinha chutado sem querer o livro que eu deixara no chão. Respondi com um gesto compreensivo – com todo o sono, não me lembrava como se diz "de nada" – e o esqueci.

No dia seguinte, o encontrei no bar do navio. Minha filha tinha dormido, exausta das novidades, e minha mãe também resolvera se recolher. Vou beber alguma coisa e já volto, avisei. Deslizei sobre os tapetes espessos entre uma pequena multidão animada com a primeira noite marítima. O bar era clássico, de uma vaguidão vermelha e esfumaçada, com taças suspensas de cabeça para baixo sobre o balcão. Escolhi um dos bancos e, antes de ver o cardápio, acompanhei a perícia do barman, que inseria, sacudia e despejava com soberba indiferença.

Posso te pagar uma bebida?

Senti o cheiro de sal antes de me virar e encontrar o rosto do marinheiro da manhã. Tive vontade de rir. Tinha visto essa cena várias vezes nos filmes. Por que não? Afinal, este cruzeiro não era, desde o princípio, uma escolha cinematográfica?

Assim, concordei, sorri, molhei os lábios com o drink, senti a doçura forte, ri da parolagem ao pé do meu ouvido – parla italiano? English? Where are you from? I love Brazil! –, o acompanhei até uma das discotecas do navio, dancei, não escutei nada sob a música estrondosa, fiquei tonta na multidão, senti a mão dele descendo pelas minhas costas até a carne do quadril, me deixei levar até a varanda mais arejada. Lá, em meio aos outros casais, ele cobriu meu rosto com a cara branca e ávida. A língua era pequena mas os dentes enormes; não beijava, mordia meus lábios, a língua, a boca toda. E porque o corpo pesado me comprimia contra a parede, pus minhas mãos em cima do peito dele, afastando-o com jeito. Non te piace? Don't you like it? Mas eu já tinha começado e queria saber como era um marinheiro.

As mãos de José são diferentes das de Federico. São magras, trêmulas, cheiram a cigarro. Estão envelhecendo antes do tempo, mas não digo nada. Sinto pudor e também pena.

Sentada na minha varanda, vejo o céu mudar de cor. Por mais que a paisagem pareça imóvel, algo sempre se move, e quando finalmente nos damos conta, anoiteceu.

Na varanda da discoteca não havia mais o que fazer. No quarto, minha filha dormia. Entrei na cabine, antes de Federico. Sua mão na minha lombar me conduzia. Do ponto em que tocava, subia o arrepio do desconhecido. Porém, ali, o perigo maior era dele: por mais que fosse o engenheiro-chefe no navio, ele era o empregado, eu a cliente. Escaneei o quartinho: um compartimento à esquerda ocupado totalmente por uma cama, o pequeno corredor desembocando numa escrivaninha onde se via um laptop aberto ao lado de outros objetos (uma escova de cabelo, uma maleta, um porta-retratos). I want to show you, e passou a exibir umas fotos no computador, ele sorrindo estival em frente a uma casa de praia, junto com uma mulher, uma ex-namorada, ele disse, enquanto me sentava em seus joelhos e acariciava meus seios. Sim, ele pagava a bebida, ele tinha uma propriedade; era toda uma promessa de vida confortável. Adorava as brasileiras, eram muito femininas. As europeias eram duronas, difíceis, exigentes demais. O investimento era grande e o retorno incerto: jantares caros, mimos delicados, as atitudes do homem escrupulosamente julgadas, quase sempre tudo desperdiçado, resultando em nada, niente. Como seria bom ter uma brasileira esperando quando chegasse cansado do mar! E respirava rápido, beijava meu pescoço, excitado com a mulher nos joelhos, pequena e atenta como uma menina.

Era preciso examinar o que era uma brasileira, os poros, as curvas, os buracos, escrutinar e revirar, lamber, morder. Em cima do colchão, ele me manipulava como uma boneca; estou fascinada com o fascínio dele, e ao mesmo tempo chocada; ele me arrastou até o pequeno corredor com um espelho, queria me ver duplicada em vários ângulos, de lado, sentada, com a cabeça inclinada, com a perna levantada, de cabeça pra baixo. Sou uma mulher madura; tive alguns namoros, um casamento, reencontros com ex-namorados, mas aquela era a cena de um filme que não me interessava.

Eu disse, não, vamos para a cama, afinal eu tinha ido até ali, queria saber como era um marinheiro italiano, um marinheiro que achava que uma bebida e uma dança ao som de Julio Iglesias era o suficiente. E a camisinha não estava lá, ele não gostava, era como chupar uma bala embrulhada em papel, sem camisinha eu não ia, ah, eu era parecida com as europeias duronas, exigentes demais. E como não tinha jeito ele aceitou, mas não sabia como colocar direito, tentava de um lado e virava do avesso, até que conseguiu, estava dentro de mim e eu molhada e alerta, dando as coordenadas como podia, e no meio de tudo ele insistia, só um pouquinho, só a cabecinha, não te custa, você é linda nua, vai adorar minha casa de praia, viu como é bonita, como é grande, e foi então que começou a falar em um italiano de dialeto e não entendi mais nada.

Ele estava feliz, o rosto sem traços dos bebês. No dia seguinte me mandaria mensagens, indicando onde estava, onde eu deveria encontrá-lo. Que me queria, que eu era maravilhosa, que seria sua namorada: garrafas lançadas ao mar. Acho que falou até em amor.

Algumas coisas ficaram de fora dessa história: não falei da amiga que fiz no navio, noiva há sete anos, e que, como despedida de solteira, se deixou seduzir pelo parceiro do meu marinheiro, que tinha saído para a caça em dupla com ele; ela me contou dos bilhetes românticos que recebeu, do convite para um jantar inesquecível à luz de velas, das promessas de amor eterno e visto permanente, até, finalmente, atiçada pelo cortejo dos jantares e beijos, se entregar ao corpo italiano cheio de pelos. Antes de nos despedirmos, ela me confidenciou que estava pensando em cancelar o casamento com o namorado, um dentista carinhoso que falava muito de implantes.

Vi meu marinheiro ainda uma vez, na véspera do desembarque. Estava no bar e enlaçava a cintura de uma morena que molhava a boca com um drink colorido. Na América Latina, as mulheres eram mais quentes, e logo ele estaria singrando mares europeus.

Imagino: seu próximo porto seria Lisboa.

No salão, a senhora loira dava instruções às mulheres que chegavam. Aos poucos, a procissão se dispersava. Ela fez um sinal para Maria, que permaneceu imóvel, uma figura de boca meio aberta e dedos agarrados no corrimão.

Do you speak English? Español?

Uma lufada de perfume a despertou quando a mulher chegou perto. A doçura do aroma não conseguia abafar o cheiro forte de suor antigo. Balançou a cabeça e tentou dizer não, mas nenhum som saiu.

Português?

Maria não disse não e a loira continuou.

Por que tá aí parada? Você não veio pra ganhar dinheiro? Não quer comer? Aqui tem que trabalhar!

As palavras da mulher faziam um barulho de pedras rolando. Agarrou o braço de Maria que não segurava o corrimão e arrastou-a até o canto esquerdo do salão. Do outro lado da sala, algumas das mulheres tinham parado para acompanhar a cena. Talvez já tivessem passado por aquela etapa. Go, go, a loira gritou, encarando-as ameaçadoramente. Pela janela, entravam latidos esparsos.

No canto aonde Maria foi levada, havia mais três mulheres, um homem e um grande sofá vermelho. Uma mancha esbranquiçada e oleosa se destacava num dos assentos.

Lili, disse o homem enquanto tocava e puxava o cabelo de uma das mulheres. Era gordo e o cheiro que vinha dos seus pelos não estava coberto por nenhum perfume. A mulher que estava sendo examinada tinha o cabelo ralo e castanho, sem brilho, como os olhos.

Lili, repetiu, vamos resolver isso logo. Falava em português, e pela cara das outras, Maria percebeu que não o entendiam. O homem olhou as outras de cima a baixo sem maior interesse. Esta leva não está muito boa, não.

Maria olhou pela janela. Lá fora, seguranças passeavam cachorros amarrados em grossas coleiras. Queria ir embora imediatamente, mas como dizer isso à mulher loira e ao homem peludo? Nunca poderia imaginar que encontraria aquilo em Lisboa.

Agora tirem a roupa. Clothes off.

Dona Lili, Maria soprou com voz fraca. Dona Lili, não quero ficar aqui não.

A mulher se virou e a encarou.

O quê?

Não sabia que era assim, não me disseram. Quero ir embora.

A mulher começou a rir uma gargalhada forçada de madrasta má. Depois fechou a cara abruptamente.

Garota, você tá devendo dinheiro. Fala pra ela, Manolo. Só te devolvemos o passaporte depois que pagar sua dívida.

Manolo concedeu a ela um olhar rápido. Parecia distraído.

Cinquenta euros por dia. Acha que foi barato te trazer aqui? Você tá devendo oito mil euros. Agora vamos.

Avançando por trás do sofá, entraram num banheiro imenso. Parecia de novela: o chão frio de mármore, a banheira com torneiras douradas, um espelho cravejado de lâmpadas. Ela já tinha reparado no salão, amplo e imponente, apesar de em alguns pontos o carpete estar gasto e os móveis, manchados. Bem diferente do quartinho onde passara a noite, com sua cama dura, seu armário simples. Na bancada da pia alinhavam-se vários objetos de beleza: escova, cremes e, tomando a maior parte do mármore preto, perucas de diversos formatos e cores sobre cabeças decapitadas de plástico.

You, Lili apontou para a mulher do cabelo ralo. Come on, now!

Foram sentando uma por uma em frente ao espelho de camarim. Lili pegava a tesoura e, sem maiores cuidados, ia cortando os cabelos delas. Por que não reagiam?, se perguntava Maria enquanto esperava pacientemente a sua vez. Cada rosto era um fantasma no espelho. Depois de uma primeira hesitação, as mulheres pareciam se entregar. Vão ficar bonitas, garantia Manolo enquanto pousava a mão pesada sobre o ombro de uma ou a perna de outra (às vezes ele se agachava). Na sua vez, entendeu: as luzes do espelho confundiam tudo. Na frente dela, quem a olhava era uma outra.

Agora experimentem, comandou a voz rouca de Lili. E estendia as perucas, capacetes loiros, explosões ruivas, veludos espessos e negros. Em seguida, agachou e puxou uma caixa com sapatos de salto alto e fino.

Esses também. Preciso saber o número de vocês, disse várias vezes, cada vez em uma língua diferente.

Se fossem irmãs e meninas, disputariam as fantasias, testariam caras e bocas no espelho, imitariam modelos desfilando. Uma vez Maria e a irmã tinham pegado as roupas e estragado o batom da mãe. Levaram uma surra mas ficaram mais amigas do que antes.

Maria pegou uma peruca e um sapato. A peruca era vermelha e o sapato, preto. As tiras eram finas demais para seus pés grossos, cheios de calos, e Maria teve vergonha.

Acho que não é meu número, se desculpou. Enfiou a mão na caixa e pescou outro, de grossas tiras prateadas e salto altíssimo. Quando levantou, as pernas se entortaram para dentro e teve de segurar na bancada para não cair.

Rápido, vocês ainda precisam almoçar. Terminaram? São esses? Agora vão para cima. Up, up, soluçou Lili.

Manolo concordava com a cabeça e com as mãos. Às três horas vocês descem. Só de calcinha e sutiã.

E, voltando-se para Maria: e você, vê se aprende a andar de salto. Parece uma galinha andando.

No chão brilhante, os cabelos das quatro mulheres se misturavam, despedaçados. O cabelo fino da primeira, os fios elétricos da segunda, as mechas de cor indefinida da terceira, as molinhas dela que tinham custado tanto para crescer. Uma mulher veio e começou a varrê-los.

Foi o seu terceiro homem da primeira noite. Um marinheiro. Parecia artista. Alto, corpulento, olhos claros e brilhantes. Antigamente, ela costumava achar lindo o uniforme branco, o quepe. Uma vez, na festa junina da cidade, um marinheiro dançou com ela, e ela riu de como ele era desastrado, não sabia onde meter os pés.

Quando ele entrou no salão, não teve medo de ser ela a escolhida. O primeiro homem, miúdo e introspectivo, a usou sem nenhuma palavra e terminou em minutos. Não viu ou fingiu não ver as lágrimas que escorriam silenciosas pelo rosto dela enquanto ele se vestia. O outro quis fazer de luz apagada e, enquanto martelava nela, gritava o nome de uma mulher, até tombar num gemido estranho e agudo. Se tinha que servir clientes até as seis da manhã, este parecia melhor que os outros.

Talvez tenha pensado em algum momento que ele a salvaria. Que a levaria para casa no navio, a protegeria. Se conseguisse ao menos contar para ele.

Pelo menos é o que suponho ao vê-la, assim, pela primeira vez sem se esconder. Parada no sofá vermelho, chegou a descruzar os braços. Um pedaço de bico do seio pula do sutiã de renda branca esgarçada que lhe deram para vestir. Ela olha, acompanha os movimentos dele.

Federico passeava pelo salão, pesando suas opções. Parou em frente a Maria. Where are you from?, mas ela não entendeu e sorriu, confusa. Isso pareceu excitá-lo. Não entendo, disse baixinho. Cuba? Brazil? Isso ela entendia. Confirmou com a cabeça. Ele parecia gostar do Brasil.

Andiamo, andiamo. Passou a mão por trás dos ombros dela até alcançar o mamilo que pulava do sutiã. Apertou, sentindo a consistência. Hmmm, donna de Brazil. Buone donne, capici?

Não entendia. Como ela podia ser dona do Brasil? Ele apertava agora a bunda dela. No quartinho, abaixou o sutiã e mordeu com vontade. Com um gesto rápido, abriu o cinto e se livrou da calça. Ela queria dizer a ele que era tudo um engano, que ela não era uma puta, mas como?

Ela tinha de tentar. Colocou a mão nos ombros da jaqueta dele e segurou o corpo imenso a certa distância. Articulou as palavras bem devagar: é um engano, tô presa aqui. E depois: me leva daqui, por favor. Aquilo pareceu atiçá-lo ainda mais. Puttana de Brazil, ele disse. Não, não. Um engano. Mas ele a levantou como a uma boneca e passou a manipular seu corpo revirando-o por todos os lados, conduzindo-a até o espelho para olhá-la por muitos ângulos, abrindo suas pernas em várias posições, mexendo em todos os buracos, até jogá-la na cama e penetrá-los ignorando a camisinha sobre a mesa de cabeceira.

Estendida de bruços, Maria soluçava baixinho. Ele vestiu a calça do uniforme e saiu dizendo algo que ela não entendeu.

QUANDO IMAGINO Maria, junto retalhos, misturo cenas da reportagem que li com rastros de empregadas domésticas da minha infância privilegiada de classe média, de mulheres com quem cruzei, de uma catadora de papel que vi num filme. (Penso, é claro, também nos escritores, nos que cultivaram a proximidade e a distância. Mas escritores são sempre um perigo).

Por exemplo, estas palavras sobre Lili, que o repórter da matéria transcreve: "Ela era muito arrogante, muito bruta. A gente não podia conversar muito. Eu morava com uma colega no quarto. Ela era africana. A gente nunca ficava conversando, porque a gente não se entendia. Eles faziam isso de propósito pra não ter conversa.". Mas teria ela usado mesmo a palavra "arrogante"? Ou duvido disso por preconceito? Teria querido encaixar em seu discurso uma palavra difícil, para impressionar o repórter? A citação termina com uma frase impressionante: "A gente só conversava chorando".

Há tantas formas de conversar. Uns conversam chorando, outros batendo e gritando, outros pelo silêncio.

Era bom ficar calada ao lado de José. Namorávamos há pouco mais de dois anos, e tínhamos chegado àquele estágio do relacionamento em que os atos reconhecíveis do outro eram consoladores. Eu o olhava organizando os papeis e entre nós flutuava a lembrança do tempo em que seus dedos entravam pelos meus cabelos, percorriam meu corpo de 40 anos com surpresa infinita. O tempo em que falávamos pelos cotovelos e ríamos e nos provocávamos sem parar. Em que experimentávamos papeis na cama até eu pedir para ele me imobilizar e me penetrar. Agora agíamos como se estivéssemos sozinhos, de vez em quando erguendo a cabeça para nos assegurarmos da presença do outro. Nada me incomoda em você, eu sinto uma paz, ele costumava dizer. Todo mundo nota nosso entrosamento, nossa felicidade. Às vezes eu o observava esquecido de mim e ficava excitada. Nesses momentos, ficar quieta torcendo para que se aproximasse fazia parte da graça.

Conversávamos sem falar? Entendíamos a linguagem um do outro? Eu preferia não saber.

Choro compartilhado era outra coisa. Nunca chorei com José, por José ou ao lado de José. Chorar é de uma intimidade atroz.

Penso no choro de Maria ao lado de Federico. Os soluços aliviam, transformam o desespero em algo concreto. Sem eles, o abismo sorveria tudo.

Foi assim que chorei no final do meu casamento. Foi a segunda e última vez que solucei ao lado do meu ex-marido. A primeira foi quando minha mãe morreu, e Luís estava lá para segurar a minha mão, meu corpo. Ainda era a época em que nossos corpos se emaranhavam e desabavam um no outro como fogos de artifício.

Conheci Fausto no trabalho. Ele tinha procurado o escritório de arquitetura onde eu trabalhava para um projeto ambicioso de reforma da casa da família, em Araras. Era um cineasta em ascensão e queria uma casa à altura. Tinha em mente uma árvore no meio da sala, ecologicamente integrada ao ambiente, como a de um colega produtor de cinema. A mulher tinha deixado o emprego para criar os três filhos. Tinham se conhecido no final da adolescência e viviam oferecendo jantares para os amigos.

Fiquei encarregada do projeto. Trocávamos ideias, animados com os detalhes. Logo o tempo das reuniões não era mais suficiente, e prolongávamos a conversa em almoços que ele fazia questão de pagar. SMSs soavam, cucos enlouquecidos, a cada detalhe que lembrávamos. Ele me contava do novo filme que dirigiria, e eu balançava a cabeça, mexia nos cabelos, sorria sem parar.

Um dia, debruçados sobre o esboço mais recente da casa, ele descobriu no canto da mesa um desenho meu. É impressionante, contemplou com admiração. Tem outros?

Não gosto tanto desse. Parece incompleto.

É muito expressivo. Olha só esses olhos, as cores. Dá pra ver a alma dela.

Eu não mostrava meus desenhos para o Luís. Achava-os banais ou pretensiosos, sempre aquém do que eu pretendia.

Você devia expor o seu trabalho. Promete que um dia me mostra mais? E, com essas palavras, segurou minha mão. Deixei-a aninhar-se na dele como uma asa quebrada, o corpo todo alerta.

Naquele dia, tentei desenhar Fausto. Não era fácil. O rosto devia ser uma mistura de ambição e medo, de agressividade e fragilidade. Pela primeira vez em muito tempo, usei carvão sobre papel Canson, a técnica mais simples e ao mesmo tempo sofisticada de traduzir visões em imagem. Procurava contrastes, posições, mas algo me escapava.

O mesmo acontece quando tento desenhar Maria. Da última vez que tentei, percebi no esboço os traços de Josefina, que trabalhou na nossa casa quando eu era criança. Como quase toda a classe média brasileira, mesmo a mais esclarecida, fui criada com empregadas domésticas que dormiam num quartinho nos fundos do apartamento. Eu não entendia porque minha mãe comprava um papel higiênico diferente para elas, cor de rosa e áspero. O nosso era macio e branco feito neve.

Nos estudos que faço sobre Maria, a técnica é a mesma, mas o estilo é outro. Os traços são mais curvos, o tom esmaecido. É um prelúdio para um outro retrato, uma tela que um dia receberá cores e texturas, uma matéria viva e espessa que manchará minhas mãos.

Até hoje me pergunto se traí meu marido. Eu o amava, só estávamos cansados. Então vem alguém que não está cansado e nos desperta... esta não é a história mais velha do mundo? Tão velha quanto a própria prostituição. Ou talvez menos. "Profissão mais antiga do mundo", dizemos, resignados.

No Fausto de Goethe, Mefistófeles propõe um pacto: proporcionará todas as experiências e prazeres que o sábio

Fausto desejar na Terra em troca de que sua alma o sirva no Inferno. A alma seria levada somente quando Fausto sentisse um instante de felicidade tão pleno que desejaria que aquele momento durasse para sempre. Nada, porém, satisfaz plenamente o erudito. Um dia, caminhando pelas ruas noturnas da cidade, ele vê a bela Margarida, uma jovem de 14 anos por quem se encanta de imediato, e pede a Mefistófeles que o ajude a conquistá-la. Não é uma tarefa fácil: a menina é uma alma pura e desconfia.

Meu Fausto chegou com mãos delicadas e palavras melífluas. Meu Mefistófeles.

No início eu não desconfiei. Da multiplicação de almoços e mensagens de celular, vieram os chopes nas *happy hours*; do toque das mãos vieram os toques na cintura, na nuca; do elogio ao desenho vieram os louvores à série que finalmente mostrei, olhos de homens e mulheres escorrendo por cima de árvores, animais e objetos domésticos, como relógios de Dalí. Meu estômago levava um choque a cada vez que o via, lava escorria dentro de mim. Eu não distinguia se passava bem ou mal na sua presença.

Um dia, depois de olhar com atenção alguns dos meus trabalhos, ele me fez uma proposta. Alugaria um apartamento em São Paulo e nos encontraríamos lá. O que eu achava? No Rio tínhamos muitos conhecidos, era arriscado demais. Só então percebi que eu era uma sonâmbula caminhando para o abismo. Aquela proposta fria me despertou como um choque térmico. Terminamos o jantar em silêncio.

Dois dias depois, no escritório, estávamos sentados de lados opostos da mesa. O projeto estava pronto, faltava acertar apenas alguns detalhes. Como uma despedida, eu disse: Queria sentar perto de você. Eu me levantei; ele segurou meu braço e me fez sentar no seu colo. Fechei os olhos, embalada como uma criança. Lembrei de quando meu pai fazia cavalinho comigo. Eu sentava nas suas coxas e balançava pra cima e pra baixo, soltando gritinhos e rindo.

Senti a calça dele endurecendo sob as minhas coxas, um grande pedaço de madeira maciça que ele sacou com rapidez inesperada. Com a mesma rapidez, levantou minha saia e afastou minha calcinha. Quando a dor entrou, não tive coragem de fazer nada. Até que uma batida na porta nos interrompeu.

O resto... mal lembro o resto. Por alguns dias, fiquei sentindo como se tivessem me arranhado por dentro. O Fausto de Goethe, depois de seduzir Margarida, a abandona grávida e a moça, acusada de matar o próprio filho recém-nascido, é condenada à prisão e à morte. Tentei agir como se nada tivesse acontecido, mas estava tudo acabado. Luís soube e não nos perdoamos. Contamos à nossa filha que o papai sairia de casa, e nos abraçamos e choramos juntos. Ele esvaziou o armário e deixou o apartamento. Ainda nos encontramos algumas vezes, mas nos amávamos com raiva. Um dia, ocupei o armário vazio com as roupas de frio. Alguns meses depois começava a minha outra vida.

De Fausto pouco soube depois disso. A casa da serra foi reformada e provavelmente foi cenário de muitos jantares. Li algumas notícias sobre o lançamento do seu filme, uma ficção científica que teve algum sucesso de público e a indiferença da crítica. Alguns anos depois, expus numa galeria a série com os olhos-relógio.

Ainda guardo alguns esboços de seu rosto, tentativas de capturar a expressão dos olhos muito juntos sob o cabelo preto. Depois da separação, também acabei deixando-os de lado.

Imagino: seu próximo filme seria rodado em Lisboa.

DA JANELA do quarto, podia ver o pomar. Era cheio de árvores de mexerica e de laranja. Espichando o pescoço, dava pra ver uma piscina, um jardim e um imenso pátio. Ainda não tinha ido lá, até agora só tinha atendido clientes que ficavam poucas horas, no quarto onde dormia mesmo. Eram oito deles na parte da frente do sobrado. Também não conhecia os quartos dos fundos, alugados para programas de mais de um dia.

Na roça ela costumava subir nas árvores e chupar as frutas no pé. Sua fruta preferida era manga, era louca por manga carlotinha. De maçã não gostava muito, não conseguia entender a história de Adão e Eva. Onde já se viu perder o paraíso por causa de uma maçã?

Mas mesmo uma fruta tão sem graça podia se transformar. Lembrava direitinho a primeira vez que tinha visto a maçã do amor. Foi numa feira, durante as festas de São Jorge. Era uma verdadeira plantação, um canteiro de maçãs do amor. A casca vermelha brilhante na ponta do palito era uma tentação. Pediu, implorou para a mãe comprar uma mas ela negou. Eram cinco irmãos e já tinham se entupido de algodão-doce, que era baratinho. Alguns anos depois, finalmente conseguiu comer a maçã. Quase quebrou o dente, mas mesmo se quebrasse, ficaria feliz. Era como se engolisse o amor junto com a carne branca.

Assim, quando, já adulta, trabalhava como catadora de lixo e precisou de mais dinheiro, teve a ideia de viajar de cidade em cidade vendendo maçãs do amor. Pediu para a comadre, que vendia doce pra fora, ensiná-la a caramelizar as frutas de modo a durarem o maior tempo possível. O segredo era higienizar os palitos, secar muito bem antes de usar e pingar gotinhas de limão na área da maçã espetada para que não ficasse escura. Difícil mesmo era o ponto do caramelo: não era pra mexer com colher, o fogo devia começar alto e passar pra médio, as maçãs tinham que ser mergulhadas na calda e colocadas rapidamente nas formas untadas, antes de endurecerem de vez. Desde pequena aprendera que o sustento não vem nunca de um só lugar. Sem marido, sumido não se sabe onde, mas com dois filhos que já podiam cuidar de si mesmos, ela saía de madrugada e voltava tarde da noite. Para que as maçãs durassem mais de um dia, levava tudo num isopor com gelo e embrulhava-as em papel celofane, assim podia cochilar um pouco na estação de ônibus antes de partir para a próxima cidade.

Numa dessas viagens, enquanto exibia as maçãs num dia fraco de feira, notou que uma mulher a observava. Achou-a elegante; trazia um lenço esvoaçante no pescoço e perguntou se ela queria trabalhar na Europa. Mas eu só sei falar minha língua, ela respondeu. Naquele momento, Maria se sentiu especial, até mesmo quando a mulher, que entregou a ela um cartão com o nome Silene M. Souza, advogada, disse que o emprego era de faxineira. Não tem problema, você não vai precisar falar nada além de português. Advogada, conferiu no cartãozinho. Devia ser coisa séria.

Maria ganhava duzentos e cinquenta reais como catadora e outros tantos trocados correndo as cidadezinhas com as maçãs. Silene disse que ganharia mil e quinhentos euros por mês com cama e comida e que pagava a passagem. Parecia um sonho: ia para o estrangeiro e economizaria dinheiro para ela e os filhos. Tinha medo que Romilson se bandeasse para o tráfico, muitos amigos dele tinham enveredado pelo mau caminho. Então eu vou, disse sem hesitar. Pouco depois recebeu o passaporte e a passagem comprada.

Agora estava devendo um dinheirão: oito mil euros, por conta da passagem de avião e da emissão do passaporte, que tinha ficado com o pessoal da casa. Além disso, tinha que pagar para comer e trocar suas roupas de cama.

Vocês têm de dar o dinheiro, suas putas, dizia o homem do primeiro dia. Ele parecia ser o chefão, mandava até na Lili.

Ela não era puta. Antes, reparava nas moças que se vendiam na beira da estrada. Tinha pena delas e também um pouco de medo. Eram jovens. Imaginava a filha dela assim. E se um dia precisasse muito de dinheiro?

Casara muito nova, depois de ficar grávida do filho Romilson, que na época não era Romilson, ela queria Rodrigo, um nome bonito de um homem bonito que ela viu na novela das 8. Todas as noites se reuniam no bar que tinha a TV meio tremida grudada quase no teto. Mas o marido quis que o nome terminasse como o nome dele, que era Edmilson. Ficou Romilson.

Ela sonhava com Rodrigo (o da novela), e, pensando bem, era melhor mesmo que não fosse mesmo esse o nome do filho. Pensava em Rodrigo na cama, enquanto sentia o cheiro de bebida do marido sobre si, no seu cabelo bem penteado e na maneira como ele abraçava a Carolina Lessa de Mattos, cheirando o pescoço e subindo até a boca.

Mas esse nome, Fausto, ela não conhecia. Foi o que respondeu quando o homem magro de cabelos pretos lhe perguntou, enquanto desafivelava o cinto grosso, de pele de cobra. Você conhece o meu nome? Sabe quem foi Fausto? Falava em português. Tinha escolhido Maria por isso mesmo, era brasileiro e queria falar a própria língua.

Será que ela deveria contar a ele que era uma prisioneira? Vários dias já tinham se passado desde o marinheiro italiano. Talvez, entendendo português, o homem a ajudasse.

Decidiu falar. Estavam em pé ao lado da cama e ela ia começar a falar, mas ele a reteve. Passou a mão por cima do sutiã, foi descendo até a calcinha.

Fausto fez um pacto com o demônio, ele disse.

Maria sem querer deu um pulo.

Calma. O pacto tinha um objetivo.

O homem a virou de costas.

Gosto de pretas. Nunca têm bunda murcha.

Maria já tinha aprendido isto. Por mais educado que o cliente fosse, sem roupa era outra história.

Era impossível falar, porque o homem tinha abaixado a sua calcinha. Enquanto agarrava as suas costas e a orientava a segurar na moldura da cama, ele ia explicando.

Fausto pensava grande. Ele troca a própria alma pelos prazeres que deseja.

Começou a forçar por trás. Ia falando e enfiando.

Dinheiro. Joias. Bebida. Potência sexual. Plenitude.

Ele era muito grande e doía muito. Terminou em poucos minutos. Só quando ele foi embora Maria percebeu que estava sangrando.

Ela tinha aprendido a só chorar depois do expediente, no quartinho. Eram duas ou três em cada quarto, e ela dividia o seu com uma africana. Não falavam a mesma língua e tinham vergonha de tentar se comunicar de outra forma. Só conversavam chorando.

Se falassem a mesma língua, contaria que começara a trabalhar aos sete anos. Vê essas mãos cheias de calos?, e mostraria as palmas grossas. Peguei na enxada quando era criança, pra ajudar meus pais a conseguir comida pra gente. Depois, adolescente, trabalhei em casa de madame. O marido dela também gostava de pretas. Acabei demitida quando a patroa viu um dia ele dar um apertão na minha bunda. Eu não levava a mal e também precisava do emprego. Deixei a escola pra ser cozinheira profissional. Acredita que cozinhei até em casa de artista, diria, orgulhosa. Se pudesse dar conselhos, e se suas colegas não estivessem presas também, diria a elas: não deixem de estudar. Pelo menos não se deixariam enganar tão fácil.

Diria também que, se pudesse, mataria para sair dali.

LURDINHA, UMA mulher corpulenta que me depila há vinte anos, é uma figura adorável, mas não gosta de preto. São essas as palavras que usa, apesar da cor da própria pele e dos traços obviamente mestiços: "não gosto de preto". Foi um negro que lhe deu as duas filhas. Moraram juntos um tempo, brigaram e reataram algumas vezes, e depois de algum tempo ele sumiu. Fui louca por ele, acredita? Mas agora só gosto de cearense, ela diz, com uma piscadela e um gesto sugestivo das mãos. Têm cabeça chata, são tranquilinhos mas não negam fogo, profere com um brilho no olhar, enquanto arranca a cera da minha perna.

Alguns homens dizem: gosto de pretas. Nossa herança escravocrata é uma ferida que não termina de latejar. Mulheres negras costumam ser associadas à sexualidade e a submissão. Muitas crianças de classe média e alta no Brasil tiveram uma babá, uma empregada, uma "mãe preta" a quem amaram e por quem foram acarinhadas. Meninos foram iniciados, em ato ou desejo, por essas mulheres. Com homens pretos, a sexualidade paira violenta como uma sombra. Tive um namorado negro e ambos fingíamos que ele não era preto. Quando tudo terminou, nos olhávamos e não nos reconhecíamos.

Estou sentada no sofá de casa, em cima de uma toalha, para não sujar o estofado. Lurdinha fala sem parar, de vez em quando me fulminando com perguntas. É uma novela que acompanho há anos, sempre torcendo para a minha personagem favorita. Um dos netos, transexual, tinha arrumado confusão mais uma vez. Desta vez era grave, porque envolvia o pessoal do tráfico, que se dava muito bem, aliás, com o outro neto dela, que cortava o cabelo da galera toda do morro. Crescera com os traficantes, mas graças a Deus não era do movimento. Os dois irmãos tinham virado praticamente inimigos, porque o primeiro exigia dinheiro da mãe para os hormônios e às vezes, drogado, se tornava violento. Ah, mas ele que não se meta de novo comigo! Já foi o tempo que ele me tirava algum dinheiro! E o namorado, vai bem?, pergunta Lurdinha sem transição, enquanto examina a cera com os pelos longos e esparsos de mais de um mês. Confirmo que está tudo bem. Ele chega de viagem hoje, foi pra um evento em Manaus.

Ai, minha clientinha chique com namorado importante. Lurdinha me trata como se eu tivesse os vinte anos da época em que me conheceu. Te contei do meu cearense novo? Esse tem pegada, me deixa mansinha. Homem, entende? O seu tem?

Rio com ela, respondo que sim. No começo era mais, claro, depois veio a rotina... Mas agora estávamos há duas semanas sem nos vermos.

Lurdinha coloca a mão nas cadeiras: ah, por isso a pressa de depilar! A coisa vai ser boa! Graças a Deus você me ligou, tô com pouca cliente. Primeiro foi a depilação a laser, agora tá todo mundo indo pra Portugal... Vai ficar tudo peluda, bigoduda, que nem as portuguesas! Mas você não vai me abandonar, né?

Digo que não, claro que não. O país estava se derretendo, as classes média e alta fugindo pra Portugal, onde havia menos violência e as pessoas podiam andar sem medo nas ruas. Pelo menos era o que se dizia. Mas foi a Portugal que Maria e outras mulheres foram levadas para servir de escravas sexuais. Aparentemente, a sede da quadrilha era em Lisboa, embora tivesse ramificações em outros lugares, como na Espanha. Na matéria que li sobre a história de Maria, relata-se como ela, depois de adoecer, foi transferida e depois abandonada na Espanha.

Estive em Lisboa duas vezes. Tive a impressão de que, se o Rio de Janeiro pudesse dormir e sonhar, seu sonho seria Lisboa. Na segunda vez que estive lá, hospedada num apartamento alugado no bairro da Graça, me encontrei com um desenhista a quem fui apresentada no lançamento do seu novo livro no Brasil, uma interessante tradução em quadrinhos de *Os Lusíadas* que misturava estética renascentista com pop art.

Vamos chamá-lo de Ulisses.

Combinei com Ulisses de nos vermos à noite no apartamento da Graça. De manhã, fui até Cascais e pedalei furiosamente sob o sol. Quando cheguei no quarto, tremia de febre. Tomei um comprimido, liguei para Ulisses. Sua voz soou contrariada: será que até a noite não melhorei? Que azar ficar doente quando tínhamos tanto tempo... Tentei tranquilizá-lo. Até amanhã devo estar melhor. É que ele tem muitos compromissos: além dos profissionais, tem a família, uma mulher e três filhos. A mulher, que o conhece muito bem, sabe sem saber, ou não sabe sabendo. De todo modo, nosso encontro é um jogo de encaixes. E Ulisses não gosta de esperar.

No meio da noite, tomei mais um comprimido de Ibuprofeno. O dia amanheceu chuvoso e escuro, mas meu coração estava alegre. Medi a temperatura: sem febre.

Passei o dia inteiro me arrumando para o encontro. No banho, trêmula, me distraía enquanto esfregava a barriga, as pernas. Passei muito tempo revirando minhas poucas roupas de viagem em busca da combinação mais atraente. Meia calça preta ou vinho? Cachecol ou lenço? O que mostrar, o quanto esconder?

O verdadeiro amante é aquele que espera. O coração salta, o estômago se contrai, a cabeça entontece, enquanto o desconhecido se abre sob nossos pés. Quando deixamos de esperar, é porque o amor se foi, ou se transformou em paisagem.

Éramos dois adultos que sabiam o que estavam fazendo. Eu, desde a separação, experimento histórias como roupas. De modo que, quando a campainha tocou e desci as escadas, e abri a porta encontrando o homem encapuzado, fui atingida por uma onda de ternura. Sob a capa de chuva, os olhos de mais de 40 anos brilhavam como uma taça de vinho. Não o abracei, como era a minha vontade; mal nos tocamos; sorri e comecei a subir os três lances de escada sentindo o olhar dele me queimar a parte de trás do corpo.

No caminho, ele pegava nos meus cabelos, na cintura, ia deslizando a mão feito água. Afastei-o levemente para abrir a porta. No instante seguinte ele se atirava sobre mim.

De toda a noite, guardei uma cena em especial: nós dois sentados abraçados, ele alisando com uma mão minha nuca enquanto com a outra me arrebanhava delicadamente os cabelos, como se estivesse a ponto de degolar o pescoço branco, mas, num gesto magnífico, abdicasse do ato em nome da beleza. Eu me deixava mostrar, indefesa, excitada com seu prazer, até que o virei de costas e comecei eu também o meu número.

Durante os pequenos combates que se seguiram, o mal-entendido maior foi o das línguas. Gosto de sentir a minha língua roçar a língua de Luís de Camões, mas como levar a sério palavras chulas tão diferentes das nossas? A linguagem das imagens é mais fácil. Mais fácil entender o pescoço à mostra, o corpo de costas, os joelhos dobrados, a boca entreaberta, as pálpebras como borboletas, o tremor, o doce desmaio.

Imagino se Ulisses gostaria de conhecer a casa das mulheres. Tenho vergonha de dizer, mas fico excitada quando o vejo chegando e descendo as escadas.

QUANDO USOU peruca pela primeira vez, achou estranho. Olhava para o espelho iluminado e pensava: pareço uma palhaça. Quem iria acreditar que ela era loira daquele jeito, do cabelo liso? Uma das perucas era igualzinha ao cabelo da primeira boneca que, cheia de emoção, comprara para Jaqueline. Ela mesma nunca tivera brinquedos; sua boneca era a irmãzinha mais nova, de quem cuidava para ajudar a mãe. Mas não era a mesma coisa. Jaqueline podia balançar, sacudir, beijar, morder, esmagar, se cansar da boneca, e até arrancar seus cabelos, torcer-lhe os membros, jogá-la no chão. Ela não; estava sempre à beira do perigo, vigiada pela mãe e por si mesma.

As outras pareciam mais naturais em perucas cacheadas, vermelhas ou lisas como veludo negro. Só não tinha peruca de cabelo como o dela. Também, quem ia querer cabelo duro?

Ao lado dela, duas meninas pegavam o cabelo da noite. Era cada dia uma peruca, assim os clientes não se cansavam. As meninas pareciam ser menores de idade. Lembrou da filha pequena brincando de molinha com o cabelo dela.

Toin, toin, ela falava e morria de rir, enquanto a mãozinha pulava na cabeça da mãe. O coração de Maria se encolheu e ela escondeu o rosto com as mãos. Quando as retirou, o contorno dos olhos estava roxo.

O que aconteceu, te bateram?, perguntou baixinho a que parecia mais criança. Tinha gordas bochechas brancas e falava português com sotaque carioca. A boca estava borrada de um vermelho vivo e fazia um contraste lamentável com os cabelos castanhos-claros cortados rente. Para disfarçar a conversa, pegou a peruca de cabelo preto de índia, com franjinhas, e encaixou-a meio torta na cabeça. O chefão, o tal Manolo, que era vesgo ao contrário, um olho virado para cada lado, parecia estar sempre as espiando de canto.

Foi bom ouvir português brasileiro, porque na maioria das vezes as vozes se misturavam em espanhol. Chica, qué pasa, joder, chica, prepárate, cabrón, de puta madre, cierra la boquita. Algumas daquelas mulheres tinham o aspecto de índias. Quando conseguiam falar, diziam que eram venezuelanas, paraguaias, bolivianas. Soube também que algumas vinham do Marrocos.

Maria respondeu que não, não tinham batido, era só a maquiagem escorrendo. Ela já sabia que muitas levavam surras dos clientes, porque às vezes apareciam com manchas roxas, só que ainda não tinha acontecido com ela.

O seu nome hoje é Xica da Silva, disse o chefão, apontando para ela. Guardou? Maria sabia quem era Xica da Silva por causa da novela, que viu quando era pequena. A Xica usava uma peruca branca que parecia um bolo de noiva, ou uma coroa. Ali não tinha nenhuma peruca daquelas.

A atriz que fazia a Xica era linda e mandava em todo mundo. Era também muito cruel: uma vez mandou arrancar os dentes de uma escrava inimiga, outra envenenou os rios e poços para que fossem lhe implorar água. Virou até nome de rio e teve um navio, tudo porque um homem importante se apaixonou por ela. No armazém, ela concordava quando as pessoas criticavam as maldades da ex-escrava, mas à noite, na sua esteira, sonhava em ser Xica. De quem ela se vingaria, então?

A peruca de Maria era volumosa, uma cascata de ondas castanhas. Olhou para o espelho e se perguntou qual seria o aspecto da verdadeira Xica da Silva.

As duas meninas brasileiras foram chamadas de Florbela e Inês. Manolo colocou uma flor no cabelo (peruca) de Florbela e outra no sutiã, pra combinar com o nome, ele disse. Inês ficou com a peruca de índia mesmo. Só faltava umas penas entre as pernas, riu o chefe. Você tá bem esquisita.

E Xica, vê se com esse nome você consegue fazer mais de duzentos euros hoje. Faz tudo o que te pedirem, viu? No ritmo que tá, você vai ficar devendo pra sempre.

Ulisses devia ser o sexto ou sétimo da noite, tinha perdido a conta. Mas guardou bem o homem na memória, porque diferente dos outros ele tirou um papel de uma bolsa de couro que trazia e pediu para ela ficar sentada bem quieta na cama. Pode ficar tranquila que vou pagar todo o tempo que te tomar, ele disse, sorrindo em português de Portugal. Com um lápis preto grosso, começou a rabiscar no papel.

Vira um pouco de lado, assim. Agora tira o cabelo do pescoço, ele ia dizendo e ela obedecendo. Ele tirou a camisa. Muito calor aqui. Não acha que está quente? Abre um pouco as pernas, disse. Mas sem tirar a calcinha. Isso. Agora de frente, puxando o cabelo pro alto, num rabo de cavalo. Ela tentou e não conseguiu. Será que ele ficaria só nisso? Talvez fosse de quarto em quarto desenhando as mulheres. Queria pedir para ver o desenho, mas não sabia se podia. Se o Manolo soubesse, ia bater nela. Melhor ficar quietinha, enquanto ele continuava. Não consegue fazer o rabo de cavalo? Ela tentou de novo e fez como pôde, porque o cabelo da peruca era cheio demais e meio duro, como se tivesse laquê. O tom de voz dele ficou baixo e aliciante: então agora mostra o rabo. Não o do cabelo, o teu rabo mesmo. É pra levantar?, Maria perguntou. Sim, levante, disse rabiscando cada vez mais rápido, e antes de se virar de costas ela viu no papel pedaços de um corpo sem rosto em vários quadrinhos enfileirados. Ouviu a respiração acelerada na sua nuca e sentiu a mão dele afastar os fios abundantes da peruca, deixando o pescoço totalmente à mostra.

Então não viu mais nada.

O CELULAR assobia. É José: quer saber se deve trazer alguma coisa. Saiu do metrô e está entrando na rua do supermercado. Vejo-o pegar o cigarro, chupá-lo como se fosse uma alma. Não, não precisa. Ou talvez sim: que traga pão francês. Quatro, para garantir.

Vou até a cozinha colocar o vinho na geladeira. Debaixo dos meus pés, o chão está fresco. Alice está fora e temos a casa inteira. José e minha filha se odeiam, educadamente. Ele finge que se alegra com as conquistas dela, ela finge menos.

Recolho os esboços espalhados em cima da mesa. Minhas visões de Maria, Lili, Manolo o vesgo, a jovem com a peruca de índia. Os homens que frequentam os quartinhos, retratados com uma cabeça de touro, como pequenos minotauros. Ainda não sei se vou mostrá-los a José. São incipientes e, afinal, hoje o dono das histórias é ele.

Antes da viagem, estava empolgado como nunca. Sua reportagem "O sábio do cerrado" ganhara um prêmio e ele ia receber a homenagem das mãos do mítico Gilberto Peixoto, que revolucionara a escrita jornalística no Brasil. José fizera o retrato de Seu João das Neves, vulgo Sabiá-barranco, um homem de mais de 80 anos que fora jagunço na juventude e que, aficcionado por música e mais especialmente por ópera, chegou a se apresentar em teatros e feiras depois de aposentar as armas. Na matéria, adotava maneirismos de Guimarães Rosa, comparando Seu João com o Riobaldo do Grande Sertão Veredas. Eu não pude acompanhá-lo na viagem: tinha de ficar com minha filha, que estava em época de provas e, embora mantivesse a atitude blasé, precisava de mim. Estou de férias e a semana tem sido ampla como a própria varanda, os gestos soltos, o pensamento livre. Apenas o apito do celular me limitava: era José me prestando conta de todos os seus passos. Tinha sido assim desde o início, uma procissão de bons dias no celular e corações e declarações e carinhas sorrindo difíceis de recusar.

A campainha toca. Abro e vejo o rosto ao mesmo tempo familiar e estranho. A semana tinha colocado uma membrana leitosa nos seus olhos, como se tivessem encanecido.

Estou exausto, ele disse, largando as malas no chão e o corpo no sofá.

E como foi lá?

Foi bom. Foi ótimo. Mas antes... tem alguma coisa pra beber?

Levo os pães para a cozinha, sirvo o vinho e me preparo para ouvi-lo. Ele me conta sobre a homenagem, o humor cáustico do velho Gilberto Peixoto, o discurso elogioso da jornalista que recebera o prêmio no ano anterior, as matérias do jornal local, com fotos em que ele aparece de olhos invariavelmente fechados. Fala das ruas, do calor, do provincianismo de Manaus, da festa que terminou cedo. Depois emenda com histórias de matérias passadas, da época em que foi correspondente na Argentina, da guerra em que foi preterido e depois ficou aliviado porque o enviado pelo jornal acabou morto. Eu rio, invento perguntas, finjo que é a primeira vez.

Me pergunto quando iremos pra cama.

Procuro no rosto dele os olhos dos primeiros meses. Lembro do rosto mordendo os lábios, arquejando, me cobrindo das palavras que vão brotando irresistíveis do tesão (puta, minha putinha); lembro de como me excito à medida que ele se excita.

Mas apesar de todo o sucesso, ele está apreensivo. O vinho termina e vamos para o quarto. Andam demitindo muita gente no jornal, ele diz. A grana também tá curta, precisava pegar uns frila. Os grandes projetos teriam de ficar pra depois. Ele tirou os sapatos e agora procura o chinelo que adotou como dele, um chinelo lilás dois números acima do meu.

Nunca disse a ele que o chinelo pertencia a Karl, um ex-namorado. Ele também nunca perguntou. Não sentimos ciúmes, é de mau tom. Cuidadosamente evito abrir essa porta.

Há alguns anos, fiz uma série de desenhos intitulada "Os homens altos". São figuras masculinas de Modigliani, baseadas em três homens de mais de 1,90 de altura com quem vivi alguma história amorosa. Penso que por muito pouco José, que tem 1,88, não é um deles.

Karl tinha 2,05. Neto de alemães, engenheiro, tinha trabalhado por muitos anos numa empresa de construção em Lisboa. Tivera bastante dinheiro e sucesso, mas algo ocorrera de maneira misteriosa e agora tentava reconstruir a vida, hospedado no pequeno apartamento de uma tia no Rio de Janeiro.

Era tão alto que era impossível sair com ele sem salto. Tinha sido um aluno regular, um adolescente grande e desajeitado daqueles que sentam no fundo e não entendem as garotas. Quando ele falava alguma bobagem, eu costumava brincar perguntando se o ar lá em cima era rarefeito. Hahaha, muito engraçado, ele respondia com voz de garoto contrariado, tentando encontrar uma resposta à altura.

Perdi-o de vista quando viajou a Lisboa para visitar os filhos, que disputava com a ex-mulher. Mas nossa história já tinha nascido com prazo de validade. Desde o início, segundo as palavras do nosso tempo, ele alertara: não quero um relacionamento sério.

Achava-o bonito, aquele homem grande, de queixo quadrado. Handsome, diriam as americanas, entre gritinhos. Ele me achava engraçada, com minhas observações e atitudes inusitadas. Um dia ele me levou até uma praia do Recreio e me repreendeu quando eu disse que o balanço do carro nas pedras me excitava. Na volta nos perdemos e ele zombou dos meus palpites. Parecia feliz quando me achava burrinha, e eu, com pena, acabava deixando.

O segundo homem alto morava de favor no puxadinho de um amigo. Era igualmente louro e imenso. Filho de uma família de classe média, Bernardo passara a juventude entre a praia e a maconha. Quando chegou aos 40 anos e olhou para os lados, tinha apenas dívidas, uma ex-namorada que o odiava e um filho pequeno a quem não podia sustentar. Eu o consolava, mas já na terceira vez em que fui a seu bunker cheirando a suor e maconha ele não tinha mais energia. Com ele eu não brincava sobre ar rarefeito.

O terceiro tinha 1,92. Nos conhecemos no jantar oferecido por uma amiga, no qual ele não parava de olhar minhas botas pretas de salto. Trocamos contatos e, depois de checar o terreno, me convidou para sair. Era também arquiteto e tínhamos algumas afinidades; gostávamos dos mesmos artistas e desprezávamos outros por razões parecidas. Já na primeira vez na cama, empolgado, me explicava que para ele havia dois tipos principais de relacionamento, e o nosso era obviamente o segundo. Nessa condição, me convidou para uma viagem a uma pousada na serra que adorava.

Foram quatro dias de tranquilidade ao ar livre e furor entre quatro paredes. No quarto, havia uma grande banheira onde nos refestelávamos, enquanto ele falava e falava. Eu, como sempre, preferia olhar e ouvir. Foi lá que Afonso – tinha esse nome antiquado de personagem de livro francês – me contou a história da sua mãe.

Estava doente há longos meses. Não costumava se dar bem com a mãe, uma mulher distante e bastante autoritária, mas o sofrimento da doença era um martírio não só para ela, mas para todos da família. Com a quimioterapia, tinha perdido boa parte dos cabelos bem penteados, emagrecera muito além do que poderia alguma vez desejar, sua pele uma membrana enrugada sobre ossos. Então, deitada na cama, deixou de falar e mergulhou num semicoma.

Os meses se passavam, os irmãos se revezavam e nada mudava. Então, se lembrou das vezes que ela tinha dito que preferia morrer a definhar numa cama de hospital. Foi questão de minutos; consultou um amigo médico e, quando estava sozinho com a mãe no quarto, injetou no soro um líquido que não deixava vestígios. Foi melhor pra todo mundo, falou investigando os meus olhos. E mergulhou na banheira quente.

Foi também nessa banheira que Afonso me fez pela primeira vez sua proposta. Queria que eu fosse com ele a uma casa de swing. Eu nunca tinha ido e não sabia exatamente como funcionava, mas quando me contou com detalhes entendi toda a extensão da sua afirmativa risonha já no início dos nossos encontros: você sabe que está namorando um velho tarado, não sabe? Tinha descoberto a troca de casais ainda durante o casamento e nunca mais tinha parado. Mas o que queria mesmo era mostrar a todos a mulher maravilhosa que era a dele. E era para eu usar as botas do dia em que nos conhecemos. Podíamos também usar vários tipos de apetrechos. Não devia me preocupar, porque lá eu só ficaria com quem quisesse, faria o que desejasse.

A partir daí, as fantasias foram a terceira pessoa na nossa cama. Nós as víamos: se sentavam na beira da cama, sussurravam em nossos ouvidos, provocavam, agitavam, irritavam nosso sexo, nos faziam concentrar e perseguir um ponto até o fim, até tombarmos novamente na solidão. Ele acreditava que seria diferente quando passássemos aos fatos. Eu, não.

Um dia, combinamos de sair cedo para uma caminhada. Tentei entrar em contato com ele e nada; era estranho, porque ele me escrevia e ligava todo dia, e sempre respondia imediatamente as poucas mensagens que lhe enviava. Depois de uma manhã de tentativas, fiquei preocupada e fui até o apartamento dele. Via imagens de um ataque cardíaco, o corpo enorme inerte sobre o tapete. Mas lá estava ele, voltando de uma caminhada pelos arredores do condomínio, espantado com o meu espanto e o rosto em outro lugar.

Meses depois de terminarmos, o vi numa pizzaria. Estava com uma mulher de colã preto, botas de cano alto e a conduzia firmemente pelo ombro com a mão enorme.

DA PRIMEIRA vez que bateram em Maria ela não esperava. Costumava fazer o que os homens queriam. Sempre diziam que lá tinham de fazer tudo que o cliente pedia, mas era o Manolo que estabelecia até onde as mulheres podiam ir. Primeiro ela achou que se preocupavam um pouco com a saúde das mulheres, mas depois percebeu que, para não perderem dinheiro, tinham de garantir que estariam vivas.

Durante as refeições ouvia: vocês têm que dar é o dinheiro, suas putas. Se não trabalharem, vocês não comem! Ouvia também que trabalhavam pouco, e mal, e que a dívida delas só fazia crescer. Imagina se ainda por cima arrumasse confusão. E de que adianta uma carcaça bela, se não sabe ser usada?, ouviu uma vez o Manolo dizer.

Então ela deixava os homens gozarem na sua boca. Nunca tinha feito aquilo e morria de nojo, mas sabia que apanharia se não deixasse. Deixava os homens a usarem pela frente e por trás, torcendo para tudo acabar rápido. Só não rezava porque tinha vergonha de falar com Deus.

Maria às vezes se perguntava se aquilo estava acontecendo porque merecia, porque também era uma espécie de assassina. Quando tinha 14 anos, um dia as regras pararam de vir e se deixou levar pelo seu primeiro homem para uma casa escura e meio abandonada, onde lhe deram um pano pra cheirar e lhe disseram que não doeria nada. Depois se sentiu uma burra por ter ido. Ela passou a semana toda sangrando e o homem desapareceu para sempre.

Na casa de Lisboa as coisas ficavam piores quando envolviam drogas. Às vezes, quando via o que acontecia com algumas meninas, chegava a pensar que tinha um pouco de sorte, que Deus não a abandonara de todo. A cocaína atraía muitos clientes, que alugavam quartos e ficavam trancados por um ou dois dias com mulheres que eram forçadas a usar a droga com eles. Preferiam as novinhas, ou talvez Lili tivesse um estoque de mulheres viciadas e não causariam tantos problemas (Maria nunca tinha usado nada daquilo). Parece que muitas só conseguiam aguentar o trabalho sob o efeito das drogas. Passavam o dia sem comer nada, só cheirando e bebendo. E tinha os homens que levavam duas, três meninas. Quando finalmente saíam do quarto, podia-se ver o sangue escorrendo delas. Maria ouviu depois que mesmo se o cliente tivesse pagado pela cocaína, o valor era acrescentado à dívida das que haviam usado a droga.

Não estava se sentindo bem naquele dia. Fazia calor e sentia o estômago revirado. No dia anterior os suores dos homens a tinham deixado enjoada. Pela manhã vomitou e foi ao banheiro várias vezes. Os banheiros dos quartos eram simples e escuros, ao contrário dos que ficavam no salão de baixo: apenas um vaso, e um chuveiro de água fria separado por uma cortina que não conseguia evitar que o chão do banheiro ficasse molhado. O papel higiênico era pouco e feito de matéria áspera.

Não conseguiria trabalhar naquelas condições, mas a quem recorrer? Na hora do almoço, recusou a comida. Às três da tarde, como todos os dias, estava sentada na cama só de calcinha e sutiã, faltava só colocar o salto. Ela baixou a cabeça, tentando recuperar as forças. A garota africana que dividia o quarto com ela ficou preocupada e foi chamar Lili.

O que tá acontecendo aqui?, grasnou. Colocou a mão mais velha que o rosto na testa de Maria e viu que estava morna. Febre nenhuma, normal. Não gosto de quem quer me enganar, garota. Agora coloca logo o sapato e desce.

E ela foi. O calor estava terrível e gotas de suor lhe escorriam entre os seios. Sentada no sofá vermelho, ainda não tinha tido o primeiro cliente quando veio a golfada. Do lado dela, uma moça morena sentada no colo de um homem com nariz árabe se desviou e o jato foi parar no sapato do cliente. O homem se levantou indignado e ela se aproximou dele tentando se desculpar, mas um dos seguranças veio correndo e deu um safanão nela, afastando-a.

Não sabe como teve energia para chegar de novo perto do homem. Queria limpar os sapatos dele, consertar o que tinha feito. Tinha medo que descontassem o prejuízo do cliente da conta dela. Mas o homem pareceu ficar com mais raiva ainda, só que ela não entendia porque ele falava uma língua desconhecida. A um sinal seu, o segurança avançou de novo e desta vez bateu pra valer.

Pelo menos assim voltou para o quarto e conseguiu descansar um pouco. Naquela noite, sonhou com a época em que era catadora de papel. No sonho, estava feliz da vida porque tinha encontrado várias perucas no lixão. Colocou tudo num saco, acendeu o fogo e despejou os cabelos nas labaredas. Enquanto olhava a dança das chamas, tocava ao fundo a música Besame mucho. Então, ouviu a gargalhada da Xica da Silva e despertou. Estava ardendo em febre. Não teve jeito, tiveram de deixá-la alguns dias sem trabalhar.

A segunda vez que apanhou foi previsível. Tinha sido escolhida por um cliente que carregava um kit com algemas e outros apetrechos pontudos. Afonso, um sujeito mirrado de óculos grossos, era um cliente habitual da casa. Instintivamente, ela tentou se esconder, mas quanto mais ela se escondia, mais eles olhavam para ela. Diziam: ah, eu quero é aquela lá, aquela Aflição que tá lá no fundo.

Uma vez o pai da sua filha tinha batido nela, mas estava bêbado e foi fácil se desvencilhar. Desta vez estava amarrada na cama e teve de aguentar enquanto o homem dava tapas e cuspia no seu rosto.

Não sabia dizer qual vez tinha machucado mais. A terceira também foi horrível. Era um homem bem vestido, alto como um jogador de basquete, e parecia um pouco com um patrão que teve e que era muito educado. O olho dele brilhava como se tivesse bebido ou usado alguma droga. No quarto, Karl quase tropeçou desabotoando a camisa. Empurrou-a para a cama e deixou as calças escorregarem pelas pernas enormes, mas quando tentou entrar nela, não aconteceu.

Ele pegou a mão dela, esfregou, empurrou-a para baixo, mas não teve jeito. Até que ele pareceu desistir e ficou resmungando alguma coisa. Depois, virou-se para ela com olhos chamejantes.

Por que você tá rindo?

Não tô rindo não, respondeu baixinho.

Você se acha por acaso alguma Marylin Monroe?

Desculpe. Deve ser um engano.

Ah, tá dizendo agora que eu sou burro... ou cego.

Maria achou melhor ficar quieta. Ele começou a se vestir lentamente.

Cadê minha carteira?

Em mais de uma das casas onde trabalhou, de vez em quando faziam essa pergunta. Maria, cadê minha bolsa, carteira, escova de cabelo? Você viu? Vi não senhora, respondia, com medo da cara dos patrões. Ou então com uma ponta de raiva, que Deus a perdoe, mas por que largavam tudo por aí e achavam que ela tinha de saber? Ou será que achavam que ela roubava?

Dessa vez só sentiu medo. Ele percorria o quarto com passos largos revirando tudo e nada da carteira. Parecia que tinha enlouquecido: começou a sacudir o corpo dela, como se ela fosse um cofre, depois atirou-a no chão, magoando-lhe o ombro e os braços. A peruca escorregou e ele aproveitou para arrancá-la, revelando as cinzas do que lhe restara dos cabelos.

Quando foi pegar o sapato debaixo da cama para dar queixa do roubo, encontrou a carteira dentro do pé esquerdo. Sem uma palavra, colocou-a no bolso e saiu.

Acabo mostrando a José os esboços que venho fazendo. Ele sempre gostou dos meus desenhos: diz que são ao mesmo tempo duros e delicados, um pouco como eu mesma. Tenho esperança de que me diga que estou no caminho certo, mas se me disser, não terei certeza. Por outro lado, se não gostar sentirei que está tudo perdido.

Deitado na cama, ele parece distraído. Tem sempre algo importante acontecendo no celular, o país, uma mensagem profissional, um meme. Em meses, parece ter envelhecido anos. Tão diferente do início, quando mal podia esperar e no caminho ia tirando minha roupa com olhos e mãos. Quando finalmente coloca o aparelho para carregar, passa a enumerar as tarefas que tem a cumprir, uma infinidade de insignificâncias. Puxo-o junto a meu corpo, faço carícias, mas o dele não dá sinal de vida.

Estou cansado da viagem, ele diz. Meio preocupado também.

Então desisto e pergunto se quer ver alguns dos meus trabalhos.

Claro que quero. Então você conseguiu? Pelo menos serviu pra isso me abandonar sozinho em Manaus. Hahaha.

Ah, não fala assim. Você sabe que não dava pra ir.

Pego a pasta com os desenhos. Ele se recosta na cama e vai examinando-os. Hum, você continua com Dalí... depois dos relógios derretidos, o Minotauro. Ficou bom, mas não acha que o tema pede uma abordagem mais realista?

Mas o Minotauro é uma série de Picasso, eu digo.

Ele diz que é de Dalí, tem certeza que é de Dalí. Começa a me explicar por que tem de ser de Dalí, até que pego um livro de reproduções de Picasso e mostro a ele.

Mas então o Dalí também tem uma série. Ou você acha que sabe tudo? Como você é presunçosa, meu deus, explode, os olhos chispando de raiva no rosto feio.

Recolho os desenhos e os guardo. Deitada na cama, com os olhos carregados de lágrimas grudados no teto, tento explicar que afinal aquele era o meu trabalho, que por isso tinha tanta certeza. Mas ele permanece quieto como um menino emburrado. Em seguida, viramos cada um para o lado e, pela primeira vez, dormimos sem nos tocar.

O Minotauro é uma figura mitológica com corpo de homem e cabeça de touro, diferente do centauro, cujo corpo e pernas são de cavalo, enquanto a cabeça, braço e torso são humanos. Daí que os centauros sejam tidos como sábios e nobres, ao passo que o Minotauro sempre foi apresentado como uma figura devoradora e monstruosa.

Filho de Pasífae, esposa de Minos, rei de Creta, com um magnífico touro presenteado por Poseidon, Minotauro vivia em um labirinto, construído no subsolo do palácio a mando do rei. O monstro, que se alimentava de carne humana, foi morto por Teseu com a ajuda da filha de Minos, Ariadne, que se apaixonara pelo herói.

Na série de Picasso, que pode ser vista como um diário amoroso, o pintor se autorretrata como um minotauro ao lado de sua amante e musa, Marie-Thèreze, por quem se apaixonou enquanto ainda vivia com a bailarina Olga Khokhlova. Picasso se via como um monstro de sexualidade violenta, capaz de devorar as mulheres. Quatro anos depois da morte do pintor, a musa se suicidaria, deixando uma carta em que afirmava não suportar a ideia de que ele jazia sozinho, com seu túmulo cercado por pessoas que não podiam dar-lhe o que ela havia lhe dado.

Meus minotauros, ao contrário, são figuras comuns, e todos os que estão à sua volta parecem não perceber a cabeça taurina. Nos desenhos, aparecem calçando o sapato desajeitadamente, ou roncando com o pênis flácido ao lado de uma mulher de peruca exuberante que fuma. Num dos desenhos, um minotauro muito magro e jovem discute com uma mulher madura, de seios nus esplêndidos. Observando-o com cuidado, percebo que é a cara de Vladimir, um namorado treze anos mais novo que tive pouco depois de me separar.

Vladimir tinha 30 anos quando o conheci, no piquenique de aniversário de uma estagiária do escritório, de quem me tornara amiga. Jogava altinho numa roda de vôlei e era gracioso como um cisne. Percebi que me olhava fixamente; depois soube que nossa amiga comum já tinha falado de mim. Quando saímos, fez questão de me acompanhar até o metrô, como um cavalheiro antigo. No caminho, contou que estava batalhando por um emprego (sua área era sociologia), que tinha morado junto e se separado há pouco e se gabou de fazer um ótimo pudim de leite condensado. Eu disse que gostaria de experimentar.

No seu minúsculo apartamento, sentei no colo dele como uma menina. E como um menino, ele tocou pela primeira vez o meu corpo. Ele me ensinou a cozinhar alguns pratos, a gostar de algumas bandas. Eu lhe indiquei livros e o ensinei a dirigir. Na cama, ele aprendeu a não ser apenas ele mesmo, mas também outros, que no fim das contas eram também ele. Com espanto, ouviu pela primeira vez palavras obscenas saindo da sua boca e se misturando com as minhas. Eu dizia que não lhe daria filhos, que estávamos numa fase da vida diferente, mas ele afastava tudo como se fossem moscas. Até que os ciúmes começaram.

Sentia ciúmes de qualquer homem que se aproximasse. E eles espreitavam em todo lugar: nos bares, nas ruas. No presente e no passado. Ele me acusava de contar demais e ao mesmo tempo de não contar o suficiente. Todos os homens lhe pareciam másculos, seguros ou cafajestes. Passávamos noites discutindo, quando eu só queria abraçá-lo e dormir. Por fim, foi impossível continuar.

Soube depois que teve um filho com uma moça jovem e gentil. É possível que a tenha conhecido ainda no final do nosso namoro. Agora, quando me lembro dele ao reconhecer seus traços no corpo frágil do minotauro que, com lágrimas nos olhos, discute com a mulher no desenho, me pergunto se ainda sente ciúmes.

Com José, pelo menos, esse problema não existe. Até agora vivemos um idílio tranquilo, sem grandes perturbações. Estamos na segunda metade da nossa vida, temos casa e filhos e estamos prontos para aproveitar a vida. Afinal, não falta tanto para nos aposentarmos.

De manhã, quando saio, tenho a impressão de que José finge que está dormindo. No travesseiro, ao lado da sua boca aberta, vê-se uma mancha amarela de baba. Assim encolhido e de olhos apertados, parece um rascunho de si mesmo.

Ou talvez eu também estivesse cansada. Felizmente, teremos muitas ocasiões de não nos encontrarmos, até o final do ano, quando combinamos de viajar.

No meio do horror, o ódio de Maria era uma flor carnívora que desabrochava em silêncio. É difícil conceber tanta submissão sem um ódio poderoso; não consigo aceitar a paralisia, a entrega. Maria tinha sido batizada com um novo nome e o aceitava como um destino. Dona Aflição. Eu mesma fico com raiva, quero sacudir Maria, fazê-la rebelar-se. Mas preciso lembrar a mim mesma que aquela não era a primeira vez. Maria, empregada doméstica, catadora, vendedora de maçãs do amor em feiras lotadas, estava acostumada a suportar.

Ou talvez não.

Porque num dia chuvoso, entrou na casa um rapazinho ainda imberbe, de olhos assustados. Maria o notou imediatamente; parecia um peixe fora d'água. Do lado dele, um homem peludo como um macaco o conduzia de modo sutil mas firme até a Lili. Como sempre, Maria estava encolhida no canto do sofá. Depois de algumas deliberações ele varreu a sala com os olhos claros, balançou os ombros e apontou o queixo na direção dela.

No quartinho, não sabia onde pôr os óculos. Quando, sem conseguir olhar para Maria, finalmente se decidiu a deixá-los na mesinha de cabeceira, escorregaram e caíram no chão. Droga, disse para si mesmo. Maria, que havia se sentado na cama, se inclinou e pegou os óculos. Ele agradeceu e se sentou do lado dela. Parecia um colegial.

Desculpe, não sei o que tô fazendo aqui. Só então se deu conta de que talvez ela não o entendesse: no salão ouvira murmúrios em inglês e numa outra língua, que não conhecia. Você fala português, não é?

Ela confirmou com a cabeça.

Brasileira?

Sim.

Eu também!

Disse isso num tom triunfante, como se tivesse esquecido de onde estava.

Pela primeira vez em muito tempo, ela riu.

É a minha primeira vez. Bom, você já deve ter percebido.

Também era a primeira vez que um rapaz tão novo entrava no seu quarto. Tinha traços delicados como os de um bem-te-vi.

Prazer, Vladimir.

Vladimir... nome bonito.

Eu não queria vir, foi meu tio que insistiu.

Aquele homem que tava com você?

É, meu tio de Portugal. Ele não se conforma que eu ainda seja virgem. Tem medo que eu seja gay. Aí concordei em vir.

Entendi.

Te escolhi porque gostei da sua cara. Uma cara triste e bondosa.

Ele levantou e começou a andar pelo quarto.

Posso te perguntar umas coisas?

Ela abaixou a cabeça.

Se não quiser, não precisa. Mas se não quer porque é proibido, não precisa se preocupar. Não vou contar nada pra ninguém.

Assim, vendo-o a partir da cama, sentada só de calcinha e sutiã, ele parecia mais adulto, sábio até. Estranhamente, ela sentia vergonha do quarto. Que não tinha nada a não ser suas poucas roupas, uma Bíblia, uma foto da filha na penteadeira e, no banheiro, os apetrechos básicos de higiene.

Ele pareceu notar sua vergonha. Disse que, caso se sentisse mais à vontade, se vestisse. Eu, pelo menos, vou me sentir, acrescentou. Ela obedeceu e pegou uma camiseta dentro do armário. Mas olha, não podemos demorar, meu tio pagou pra eu fazer o serviço em uma hora. E sorriu amarelo, como se esperasse aprovação para a expressão "fazer o serviço".

Algo se destampou então dentro dela. Contou como fora enganada no Brasil enquanto vendia a maçã do amor, do seu pavor quando olhou aquele tanto de segurança com cachorro, ela sem passaporte nem nada, de como dava três horas e todas tinham de descer só de calcinha, sutiã e salto alto, e paravam só às seis da manhã, tinham de pagar, eram obrigadas a fazer tudo que os clientes pedissem, transar com camisinha, sem camisinha, sexo com a boca, algemas. Tinha noite que ela fazia até dez programas, tirava cem euros, duzentos euros, e ficava devendo cinquenta. A única coisa que impedia as prisioneiras de tentar suicídio era a lembrança da família. Mas não dava pra sair, nunca que ia conseguir. Ali elas eram igual cachorro.

O rosto do rapaz estava mais branco do que já era. Balançava a cabeça como se dissesse não é possível, não é possível. Mas o que ele achava? Que estavam todas lá por vontade própria, porque gostavam? Teve medo de ficar com raiva dele também, então concluiu: como pode tanta ruindade?

Agora ele andava de um lado para o outro, quase saltitava, como um passarinho na gaiola. Temos de fazer alguma coisa, ele disse. Mas como denunciar a casa? O seu tio mesmo o tinha levado até ali, e com certeza esse pessoal era perigoso, correriam sérios riscos... Olhou o relógio, estava na hora de sair. Pegou a cabeça dela entre as mãos e disse, olhando bem nos seus olhos: me espera que eu volto.

Maria passou a semana inteira agitada. Um botão de esperança tinha germinado dentro dela e era difícil detê-lo.

Vladimir voltou numa terça-feira, e aquele ficou sendo o dia deles. Foi fácil convencer o tio, feliz porque seu sobrinho tinha enfim mostrado que era homem. Toda terça, ele vinha com mais uma ideia, mais um detalhe do plano. Em primeiro lugar, ela precisava fugir, assim garantiriam que ela se livraria daquele pesadelo. Só depois disso, e com o testemunho dela, procurariam as autoridades.

Um dia, tirou do bolso um papel com a planta do sobrado. Durante suas visitas, tinha percorrido a casa e mapeara bastante bem o local. Isso os ajudaria a traçar o plano de fuga.

Ele falava empolgado, mas ela permanecia pensativa. Então você vai também com outras mulheres?, perguntou.

Assim que entravam no quarto, ela se vestia, em deferência a ele. Daquela vez, ele baixou os olhos, encontrando a saia florida e, logo abaixo, os pés nus.

Você sabe que não. Deduzi a partir desse quartinho e do salão. Consegui que o Manolo fizesse uma espécie de tour comigo e com meu tio. Agora podem estar esperando que eu frequente a outra ala. Temos de agir rápido, antes de estranharem demais.

Realmente, o pessoal da casa já tinha percebido e andava mexendo com ela. Maria agora tem um preferido, sabiam? Um franguinho, zombava a Lili. Quando o galo cantar, ela vai virar a Dona Alegria.

Sim, tinham de agir rápido. Sem pensar, tirou a saia, a blusa, e puxou a cabeça cacheada na direção do sutiã.

Pela primeira vez, desde que, ainda adolescente, foi repreendida pela mãe quando se esfregava na beira do rio, sentiu o prazer subir e dissolver todos os seus membros.

Duas semanas depois, Vladimir estava com olheiras profundas. Mais uma vez, depois de se amarem, repassaram o plano, mas tinha algo estranho: ele não olhava diretamente nos olhos dela.

O que foi?, ela perguntou. Não tá conseguindo dormir? Tá preocupado?

Ele balançou a cabeça, desconsolado. Não é isso não.

Então o quê?

É que não consigo dormir, fico te imaginando com outros homens.

Ela segurou na mão dele. Pensa nisso não. Eu também não penso, sempre finjo que não sou eu que estou ali.

Ele levantou a cabeça, numa decisão. Jura que nunca sentiu prazer com eles? Eu vi o homem que foi depois de mim. Era bonito.

Por um momento, Maria ficou sem saber como agir. Primeiro teve vontade de rir, depois de chorar.

Não acredito. Isso é uma brincadeira?

E não eram só ciúmes dos homens que vinham à casa. Nos sonhos ele via o seu tio de Portugal e até um que se identificava como pai da filha dela, um homem negro e suado de algum trabalho braçal que acabara de fazer.

Maria respondeu que ela é que tinha motivos. Não via como ele olhava as garotas no salão? Como uma das cariocas olhou pra ele? Aquelazinha a olhava com inveja, porque ninguém tinha cliente fixo do jeito que ela tinha, ainda por cima tão jovem.

Estavam reconciliados. Mesmo assim, Vladimir não deixou de sonhar.

Enfim, tinha chegado a hora de executar o plano.

Tinham estudado cuidadosamente os horários. Às seis, o expediente se encerrava, e os últimos clientes saíam sob o olhar sonolento ou impaciente dos seguranças. Entre seis e meia e sete horas, ocorria a troca de turnos. Para maior segurança, queriam sair quando a troca já tivesse ocorrido.

Naquela madrugada, Vladimir chegou a tempo de pegar o último horário. Trazia com ele, além da própria roupa, um outro conjunto de calça e camisa. Para não causar desconfiança, vestiu uma roupa sobre a outra e, assim que entrou no quartinho, se despiu das duas camadas. Maria estava quebrada de uma noite inteira, mas seu rosto reluzia de expectativa e medo.

Maria enfiou as calças e a camisa que Vladimir despira por último por cima da calcinha e do sutiã. Como tinha emagrecido durante a temporada na casa, não teve dificuldade de fechar e abotoar as roupas, mas as extremidades ficaram compridas demais e Vladimir ajudou-a a dobrá-las discretamente. Por cima de tudo, colocou uns óculos escuros e um boné.

Vladimir pediu a um conhecido seu, natural de Cabo Verde, de compleição física semelhante à de Maria, que o acompanhasse na ida à casa ao longo das duas semanas anteriores e no próprio dia da fuga. Deveria estar sempre de óculos escuros e boné. Segundo explicaram rindo, numa conversa anterior casual no salão, sofria de problemas nos olhos e na cabeça. É claro que não precisaria gastar nada do próprio bolso com as mulheres da casa, e ganharia ainda uma pequena quantia em paga do silêncio. O caboverdiano nem parecia acreditar na própria sorte: três noites de sexo grátis e ainda um adicional para a bebida.

Assim, quando um homem negro relativamente franzino percorreu os corredores ao lado de Vladimir, aparentemente conversando com ele sobre suas proezas, não chamou nenhuma atenção especial. E como o melhor disfarce é sempre a naturalidade, quando cruzaram com um dos capatazes à entrada do salão, Vladimir fez um comentário espirituoso sobre a aparência dos cachorros. Quanto ao verdadeiro caboverdiano, aproveitava para se esbaldar com uma marroquina, já que tinham combinado que ele sairia depois da fuga de Vladimir e Maria.

Tinham descido as escadas e atravessado o salão gloriosamente pela diagonal, de forma a evitar as janelas. Ao chegarem ao portão que tanto tinha impressionado Maria meses antes, ela parou por um momento solene. Conforme tinham previsto, o porteiro não era o mesmo da noite. Por trás do portão, o dia abria lentamente os dedos róseos. Maria ficou tão comovida que não percebeu que tropeçava num pedaço de madeira e caía no chão, deixando rolar óculos e chapéu. Vladimir correu instintivamente para socorrê-la, quando notou que o segurança levantava e ia gritar alguma coisa. Meteu a mão sob o casaco e de lá retirou a garrafa de uísque que sempre levava consigo. Num movimento ágil, espatifou-a bem no meio da testa do homem, que caiu como morto. Na camisa de Maria, o sangue espirrado tinha a cor da madrugada. Rápido, corre, ele comandou, e ela obedeceu sem olhar para trás.

Mas não, todo este capítulo soa falso.

A história de Maria tem de ser minimamente verossímil. De incoerências, bastam as minhas. Vamos esquecer o rapazinho.

Foi então que, consumida pela tristeza, Maria adoeceu.

Suas forças a abandonaram. Ela deitou, rezou e implorou para Deus ajudá-la. No outro dia, acordou com a pele toda coçando, coberta do que pareciam ser escamas de peixe. Estava toda machucada e sangrava.

É doença de rua, os traficantes disseram. Algum homem te passou, esfrega bem essa pele. No banho, ela aproveitava para coçar as escamas com uma esponja. Tinha de fazer de levinho pra não sangrar muito.

Uma noite, ela sonhou que era um peixe e caía dentro do vaso sanitário. Já tinha visto um filme assim. Se chamava Procurando Nemo: o filho da sua primeira patroa costumava chamá-la para segurar a mão gordinha toda vez que revia a cena. No sonho, ela também era tragada pela descarga e de repente estava nadando no meio do oceano, em meio a peixes coloridos e cheios de espinhos.

O novo sabonete não deu certo e os clientes começaram a reclamar. Feia, suja, perebenta. Só iam com ela porque davam desconto. Os que a levavam para o quarto evitavam tocá-la e a usavam por trás. Às vezes as escamas sangravam e o cliente gritava com ela.

Um dia Maria deitou na cama e se recusou a levantar. Você vai ficar devendo ainda mais, os traficantes diziam. Se quer seu passaporte de novo, precisa pagar a dívida. Mas Maria já não se importava. Era melhor morrer logo.

Então Lili entrou no quarto e ordenou: de pé! Maria continuou deitada, e quando a velha tentou puxá-la, resistiu e cuspiu na cara de cera. A expressão de ódio de Lili como que a despertou. Nunca imaginara que podia fazer uma coisa dessas, mas agora que acontecera, não se importava mais.

Lili chamou os seguranças. Maria foi levada para um porão, onde a trancaram sob a vigilância de um cachorro.

Ela achava que as coisas não podiam piorar, mas não era verdade, sempre podiam. À noite, exausta de ficar no mesmo lugar cercada das mesmas paredes arruinadas, acabava por adormecer de olhos abertos. De tempos em tempos, os latidos a arrancavam do sono, sacudindo seu corpo todo com tremores.

Quando finalmente foi retirada do porão, as feridas tinham aumentado. Eram várias bocas abertas, escancarando seu pus a quem se aproximasse. Tornara-se inaproveitável, e o jeito foi transferi-la para outro lugar, longe dali.

Viu-se num apartamento escuro, em uma espécie de ilha. As pessoas falavam espanhol e uma outra língua que também parecia cheia de pedras, mas não era o português de Portugal, porque, mesmo prestando muita atenção, não chegava a entender nenhuma palavra. Com a pele toda coberta de feridas, mal conseguia andar. Para ir ao banheiro, tinha de ser amparada pela dona do apartamento, uma senhora de rosto chupado. A única vez que a viu pronunciar uma palavra foi quando os criminosos a comunicaram que levariam e deixariam Maria em frente ao consulado brasileiro, em Barcelona. A velha levantou o queixo e disse, em tom de pergunta, Quan?

Compraram uma passagem de barco para dez e meia da noite. O homem que tinha ficado com os documentos disse que quando embarcasse era para ela olhar só pra baixo. Pensou: agora o moço do barco vai ver que o meu visto tá vencido e eu vou falar o que tá acontecendo, mas ele não olhou.

Largaram Maria no porto e devolveram seus documentos. Ela ficou ali, solta e cheia de escamas, sem saber o que fazer. Pessoas cruzavam o espaço, apressadas para o trabalho. Pedregulhos rolavam de suas bocas. Sem saber o que fazer, sentou num banco e ficou olhando.

Quanto tempo ficou ali parada? Não sabia. Sua cabeça tinha esvaziado. Só via as pessoas se movendo sob o céu, tantas, de tantos tipos, cada uma sabendo exatamente aonde ia. De vez em quando, a pele coçava muito e ela tentava acalmar a agonia com as unhas, mas já não havia unhas, ela tinha roído tudo, e o jeito era esfregar com força as pontas imundas dos dedos nas feridas.

Então apareceu um homem muito branco, um pouco curvado. Parecia um padre, mas a roupa era um pouco diferente. Devagar, foi falando algumas frases até descobrir que ela entendia o português. Ele também era brasileiro, morava agora em Portugal e estava de passagem na Espanha. Acenou para um táxi e pediu que o motorista os deixasse em frente ao consulado do Brasil em Barcelona.

NÃO É fácil descrever o sofrimento de Maria. A imaginação fraqueja, as palavras soam insuficientes ou falsas. Sinto que caminho à beira da pieguice, na fronteira do melodrama.

Li recentemente algumas histórias sobre as judias polacas. Eram jovens que, no início do século XX, viviam nos *shtels* na Polônia, lugares paupérrimos onde se alimentavam de sopa de repolho e batatas. Prometidas em casamento e levadas por senhores bem-vestidos para a América, onde, segundo eles, corriam rios de leite e mel, ainda no navio descobriam que tinham se convertido em simples mercadoria. Tento imaginar o horror delas, a dor do estupro e da traição, mas a distância dos tempos, apesar da proximidade de nossa origem, amortece o choque como uma lenda.

Maria, porém, poderia ser a cozinheira de alguma família que frequento ou frequentei. Ou uma das babás que encontrava na pracinha, quando levava minha filha pequena para brincar. Ou ainda minha própria empregada, que dispensei quando Alice ficou maiorzinha. E eu nunca saberia. Nunca saberei.

Imagino que, se passasse por Maria no porto de Barcelona, desviaria o olhar. Instintivamente, me afastaria das escamas, das feridas. Afinal, precisamos esquecer diariamente a ideia de que por trás de cada morador de rua vive uma história de carne e sangue.

As coisas poderiam ter sido diferentes. Maria poderia ter morrido, enlouquecido. Talvez levasse mais algum tempo passando dor e fome até achar o caminho do consulado. Felizmente, um homem notou o desespero de Maria e se compadeceu.

Quando o imagino, vejo-o com os traços de Alexei. Eu tinha 16 anos. Foi o meu primeiro namorado; se não digo primeiro amor, é porque, antes dele, aos 15, me apaixonei por um personagem. Mas as paixões não são isso mesmo, a dedicação em tempo integral a um personagem?

Henrique era atormentado e tinha o peito com uma depressão entre as costelas que parecia um ralo. Na cama do quartinho atapetado de discos e livros, onde se recostava um violão, meus dedos sonhadores escorregavam para dentro daquele buraco. Eu era virgem e ele uma esfinge. Depois que nos abraçamos nus e eu senti dor antes que qualquer coisa pudesse acontecer, ele perdeu definitivamente a paciência. Passou dias se esquivando; com o coração acelerado, eu o procurava pelas ruas próximas ao seu prédio, frequentava as mesmas festas. Acabou por desaparecer por trás das nuvens de uma carta que lhe enviei e à qual nunca respondeu.

Com Alexei foi diferente. Éramos duas crianças com brinquedos novos, e esses brinquedos eram nossos corpos. Não havia um violão recostado na parede, mas um violino em seus braços, e do corpo de madeira saíam trinados que caíam sobre mim.

No terceiro mês de namoro, fiquei grávida. Ao que tudo indica, o diafragma que a ginecologista prescrevera e eu usava como uma aluna aplicada saíra do lugar. Eu tremia quando pensava que podia ter sido por algum movimento em falso. Ele tinha dezoito, eu dezesseis.

Dois anos atrás, recebi uma carta de Alexei pelo Facebook. É uma carta de outra época, como só se leem nos grandes romances. Li-a com espanto e por vários dias suas palavras me acompanharam.

A carta era assinada com outro nome, que Alexei adotara ao se tornar membro de uma ordem religiosa. Começava se reprovando por escrever tão longamente e por um meio que tanto rejeitava, embora o que reprovava devesse ser reprovado antes nos homens, a começar por ele mesmo. Pois se tratava de saldar uma dívida, dizia. Uma dívida muito antiga, de mais de vinte anos.

Alexei é implacável. Se acusa de autismo-solipsismo, de hedonismo cínico, de momentos de brutalidade em palavras e atos, de incapacidade de ouvir e compreender. Fala em egoísmo atroz, indiferença omissa e assassina, abuso de confiança, coisificação do próximo. Certamente haveria uma próxima, se ele não se afastasse do mundo para se dedicar à vida de monge.

Me vejo de novo na maca estreita, diante de um buquê de enfermeiras. Seus rostos se esticam por cima de mim como máscaras num espelho disforme. Quando me mudam de posição, a bata enorme se abre. Na manga, uma mancha imemorial ri do meu corpo que treme. Uma das máscaras pega minha mão, diz que não vou sentir nada. De repente tudo fica muito rápido. Me furaram toda para pegar uma veia fugitiva, e agora enfiam nas minhas narinas um lenço cheirando a álcool. As coisas giram e começam a se apagar lentamente.

Quando acordo, chove fino na janela. Estou deitada numa outra maca, no branco sujo de um quarto que lembra uma dispensa. Na bolsa pendurada num gancho ao lado da porta, encontro o resto de um pacote de biscoitos maisena. Mastigo um a um lentamente, e eles me consolam. Mas uma enfermeira logo me descobre. Era preciso enfiar rapidamente o vestido e ir embora. O pano cheio de sangue entre as pernas dificulta meus movimentos.

Ocorre que simplesmente me esqueci de Alexei. Eu era um corpo sem um bebê, e para além disso nada mais existia. Havia apenas a massa pastosa na minha saliva, a parede para sempre branca, o sorriso sombrio de prazer da enfermeira, Tão nova, coitada.

Passei dias em casa vendo televisão, com os braços cheios de manchas roxas e mata-borrões trocados periodicamente entre as pernas. Tinha visto Alexei pela última vez antes de entrar na sala de cirurgia e agora ele tinha desaparecido como se nunca tivesse existido. Era de certa forma bom, porque assim o bebê também não existia.

Depois me explicaram que não tinha sido bem uma cirurgia, mas uma curetagem. Aspiravam o feto e raspavam tudo. Por isso sangrava tanto. Mas eu sabia que não era só por isso.

Me pergunto se Maria, aos catorze anos, se sentira como eu, aos dezesseis. Se tinha tido o mesmo medo, se tinha se sentido assim vazia, se tinha tentado se consolar com biscoitos.

De uma forma ou de outra, sinto que, naquela maca, mais do que nunca estamos próximas.

Alexei escreve para pedir perdão:

Estou certo, seguro e serenamente convicto que lhe devo, há quase trinta anos, um pedido de perdão: pelo meu egoísmo atroz, por uma indiferença omissa e mesmo assassina, por alguns momentos de brutalidade em palavras, por outros de abuso de confiança, dum hedonismo cínico... pela incapacidade em ouvir e compreender, pelo autismo-solipsismo em que esperava, como se fora um direito natural, um direito adquirido, que tudo e todos orbitassem em torno dum eixo do universo chamado "eu": os MEUS *anseios, os* MEUS *sentimentos, as* MINHAS *intuições cósmicas, as* MINHAS *descobertas estéticas, os* MEUS *prazeres... se isto não é coisificar o próximo, não sei o que o seja!*

Ora, "coisificar", embora em termos de carga emocional tenha um carácter como que neutro, objectivo, na sua expressão prática, na vida, não tem limites em termos da abjecção a que pode chegar. "Coisificar" talvez seja uma expressão adequada, ontológica, da própria natureza do pecado, para além de quaisquer códigos convencionais de conduta moral. E é lá, muito, muito fundo – no lodo da miséria e da podridão humana – que me vejo, ao lembrar de como me comportei consigo, de modo constante, ininterrupto, implacável!

Não estou me empenhando em cultivar sentimentos de culpabilização, que estes não conduzem ninguém a lugar nenhum! É apenas uma questão de objectividade e duma dívida, real, concreta e palpável, que coabitou, conviveu comigo, diariamente, ao longo destes quase trinta anos. Nas poucas vezes em que nos reencontramos, há mais de vinte anos, nada fiz para melhorar a situação, devo admitir – o mais das vezes, segui por uma mesma linha duma leviandade no fundo cínica.

É estranhíssimo isso, de anonimamente observarmos a vida dos outros, confortavelmente instalados atrás da tela dum computador, é um poder que pode ser mal-usado... mas tenha a certeza que o meu olhar, agora, é de gratidão, só de gratidão, e mais nada! Porque vejo que Deus ouviu as minhas orações – apesar da minha tibieza – e a protegeu, durante estes anos todos, e lhe deu uma filha, e uma vida fecunda em trabalho e em amor, o que é uma bênção!

Sabe, a minha vida passou por uma revolução, em todos os sentidos. Eu aprendi – ou fui aprendendo – amargamente, a duras penas, a encontrar alguma integridade, algum sentido de responsabilidade, alguma noção de amor para além dum mero subjetivismo, dum mero sentimentalismo. Tive também muitas, muitas alegrias, apesar de não as merecer; encontrei e encontro forças em mim que desconhecia – não são minhas, é Deus na Sua compaixão que me alegra e fortalece. Digo isso porque não quero que se culpe, de modo algum, por eu ter escolhido um caminho que quase ninguém quer trilhar e que poucos compreendem, à luz da lógica e do que se entende como "natureza humana".

Pois veja bem: no momento em que nos separamos e por mais uns bons anos, à luz da visão e modo de vida que eu então cultivava, a minha única aptidão – não digo vocação – seria fazer infeliz toda e qualquer mulher vinda a este mundo. Digo-o com toda a serenidade, sabendo o que sei hoje em dia a respeito da vida – mal de mim se não aprendesse com os erros meus e doutrem! Eu era, literalmente, um caso perdido, e nada haveria a fazer com alguém tão pretensioso, obstinado, pertinaz, inconsequente e cheio de si! Nada que fizesse ou dissesse faria de mim um homem, na acepção plena da palavra – continuaria a ser um fardo pesado e incômodo sob um sorriso sereno e inalterável, sempre recusando responsabilidades, tecendo desculpas, negando o óbvio, vidente do incerto e imaginado e cego para o evidente, recebendo sem dar, buscando conforto sem o proporcionar, um parasita de deleites e de sentimentos, como um alcoólico, um drogado, um assassino...

Sabe, mais tarde Deus me chamou para um outro caminho que (a despeito de ser contrário a TODAS *as minhas concepções racionais e filosóficas anteriores) mostrou ser – não só à luz duma evidência interior axiomática, mas também à luz duma releitura do passado, "a posteriori", logo, não-dogmática – como uma vocação presente "ab ovo", desde o ventre materno. Tive inúmeros sinais bem claros disto mesmo, muita coisa só começou a fazer sentido a partir desta releitura, desta recapitulação. Perdoe-me a linguagem abstrusa, é difícil falar duma experiência religiosa sem cair em sentimentalismos baratos... e é terreno onde o pensamento puramente lógico, à maneira de Aristóteles, tem dificuldade em penetrar.*

Enfim, o que quero dizer é que esta vocação sempre esteva lá, e tinha de a descobrir, dum modo ou doutro. Aprouvera a

Deus não fossem tantos e tão grandes os meus erros, porque não vou blasfemar a ponto de dizer que Deus, enfim, desejou que eu vivesse torpemente, egoisticamente, para retirar daí algum bem maior para a humanidade... É de espantar que de linhas tão tortas como as que eu tracei, por minhas escolhas, por meu egoísmo, Deus tenha conseguido endireitar algo e fazer um caule mirrado e retorcido, à sombra dum denso silvado, ainda assim elevar os seus ramos em direção da luz do sol, produzindo então alguns frutos – mirrados, é certo, pela cepa fraca de que provêm, mas ainda assim, frutos.

Perdoe-me, esta longa carta, o longo "sermão" que não foi encomendado, o tom retórico... acho que se pode resumir tudo nestas simples palavras: "Perdoe-me todo o meu egoísmo e, se puder, não me acuse perante Deus; nem tampouco acuse a Deus por aquilo cuja culpa é minha, e de mais ninguém". Pois de nada me servem títulos eclesiásticos, obras pastorais, trabalhos teológicos, prestígio humano, se não me perdoares: porque estou convencido que a ninguém neste mundo eu feri e prejudiquei mais do que a ti. Daria tudo – TUDO *– para não ter sido tão inconsequente. Agora, espero na misericórdia de Deus e também na sua.*

Bispo Eulálio (Alexei)

PS: *Perdoe-me toda a retórica, tenha a certeza que meu pedido é sincero. Noutras circunstâncias, usaria uma linguagem muito, muito mais simples.*

Como responder a essa carta? Os anos tinham feito o seu trabalho. Talvez com uma outra, escrita ao meu modo.

Deixe-me dizer o que em mim ficou de você, eu diria na carta: o som do violino que casava tão bem com os seus olhos infantis; o quartinho atulhado de roupas sujas e livros mofados; as primeiras descobertas de nossos corpos, feitas com mãos clínicas; a cachorra que batizei de Capitu e que era meio doida; nossas conversas no sofá com sua mãe; a descoberta de Raduan Nassar e Ferreira Gullar; seus poemas delirantes; sua solidão; o cheiro acre da adolescência atormentada; a mistura de ternura, alarme e repulsa.

Mas não, não escreverei isso. Prefiro imaginá-lo assim, ao lado de Maria, levando-a para o Consulado com infinita delicadeza, para não machucar ainda mais suas feridas.

Recebo uma mensagem de José no celular.

Tá em casa?

Tô. Mas combinei de sair daqui a pouco com minha filha.

Tô indo praí. Quero conversar sobre a briga de ontem. Também tenho que encontrar um amigo depois.

Nas mensagens, José respinga carinhas envergonhadas ou sorridentes.

Você quer conversar em vinte minutos?

Faltam dois dias para o ano novo e estamos de viagem marcada para o dia seguinte. Estranho a urgência, mas concedo. Certamente quer pedir desculpas pela grosseria da véspera: está aflito e não consegue esperar. Sugiro que nos encontremos na portaria do prédio, para não sermos interrompidos. Nessas horas, minha filha costuma perguntar se a roupa está boa, onde está a tesourinha de unha, se eu posso fazer café antes de sairmos.

Lá embaixo, cai uma triste chuva de resignação. José me espera sentado na mureta da garagem com a cabeça baixa sobre o celular; sinto pena dos poucos fios de cabelos grudados na cabeça calva que parece uma manga. Eu me sento ao lado dele na mureta.

Bom, primeiro queria te pedir desculpas, diz sem me olhar.

A voz dele é quase uma acusação.

Eu fui muito grosseiro com você.

Eu espero. O dia escurece na nossa frente a olhos vistos. Por trás da pilastra, um passarinho voa por entre as folhas molhadas da chuva. É provável que, como eu, ele note o movimento, porque também olha fixamente para a frente. Talvez não.

E a segunda coisa?

A segunda coisa era que ele tinha ficado com uma pessoa em Manaus. Não sabia por que tinha acontecido, sabia que tinha que me contar. Nossa relação era ótima, nunca imaginaria que tão frágil. Ele me amava, aliás ama. Não queria me magoar, o problema é que não dava para fazer aquilo de um jeito bom. Na verdade, não conseguia mais se olhar no espelho. Se sentia todo misturado.

Enquanto ele falava, eu me vi duplicada em frente a nós dois, olhando num binóculo. De repente, num gesto de desenho animado, bato com uma mão na cabeça, como se tivesse esquecido alguma coisa e lamentasse a minha tolice. Então viro o binóculo ao contrário e sorrio.

Quando ele termina, me levanto como quem espana a poeira da roupa, falo algumas palavras na direção da árvore e volto para casa.

ALEXEI NÃO deixou Maria até ter certeza de que ficaria bem. Ele amparou o corpinho frágil até atravessarem o umbral do consulado e o pousou cuidadosamente numa poltrona onde ela hesitou em sentar (ia sujar tudo, tudo tão elegante, tão liso). Com um gesto que julgou tranquilizador, ele pediu que esperasse, voltava num instante. Dirigiu-se ao funcionário da recepção e explicou como encontrara Maria, como estava traumatizada e doente. Enquanto aguardava, sentou-se ao lado dela e esperou.

O consulado a encaminhou a um programa de acolhimento de mulheres vítimas de tráfico de pessoas, ligado a uma entidade católica de Barcelona. A primeira coisa a ser feita era levá-la ao médico. Descobriram que tinha psoríase, uma doença que causa lesões avermelhadas e descamativas na pele. Quando a pessoa é submetida a um alto nível de estresse, a enfermidade pode se tornar crônica.

Na casa da entidade, as freiras cuidaram dela. Maria passava dias sem falar nada, só lembrando, lembrando.

Em algumas semanas, as lesões tinham sumido. Mas cuidar do corpo era mais fácil do que cuidar da alma. À noite, tinha pesadelos com as companheiras que tinham ficado para trás. Elas apareciam gritando por socorro, estendendo os braços cheios de feridas.

Ela se tremia toda quando tinha de sair na rua. Cada rosto, cada corpo era uma ameaça. Sob a pele de cada homem, havia um lobo. Se caminhava um pouco e tudo parecia bem, subitamente um olhar, uma mão, um jeito de mexer as pernas a transtornavam.

De vez em quando, Alexei vinha visitá-la. Era o único homem em quem parecia confiar. Depois das mesmas perguntas, ficavam calados um ao lado do outro, cada um com sua verdade. Ele se despedia com o mesmo gesto tranquilizador que havia usado da primeira vez e sumia por trás das árvores.

Um dia, colocaram a voz da sua irmã no telefone. No outro dia, conseguiu pela primeira vez fazer a própria cama e começou a falar algumas palavras. Mas o primeiro sorriso tímido só veio quando, depois de meses, soube que sua passagem de volta ao Brasil tinha sido finalmente comprada.

No ELEVADOR, sou um corpo vazio, um rosto sem pensamentos que estranho no espelho. Com o movimento ascendente, as palavras começam a vir, covarde, filho da puta, que decepção, meu deus.

Pouco me importava a tal mulher. Se é que ela existia. Se é que já não existisse muito tempo antes. O que não perdoo é o clichê.

Mas, quando chego em casa e entro no quarto, uma intuição, algo que sempre estivera ali, nas frestas, me atinge como um soco.

Passo os olhos pelas paredes, procurando. Minha respiração voa, o coração lateja. Escorrego as mãos pelo reboco branco e frio; nada.

Sento na cama e começo a apalpar o estrado. Meses atrás José se propôs restaurar minha cama: reparou pequenas rachaduras, lixou, encerou, e por fim exibiu o resultado com orgulho masculino. Costumava se gabar de pôr a mão na massa, ao contrário de outros intelectuais que conhecia. Vou deslizando os dedos na madeira irregular, sentindo as sutis reentrâncias. E de repente, ali estava.

Na cabeceira da cama, uma câmera minúscula me olhava.

Rapidamente, mesmo antes da raiva, recapitulo meus últimos movimentos. O que eu tinha feito durante a viagem de José: ler, tomar vinho enquanto assistia a uma série online, me retorcer debaixo dos lençóis, numa das vezes vendo um vídeo que abandonei quando se tornou deprimente, checar mensagens no celular, trocar frases simples e sarcásticas com as amigas, ler, dormir de novo. Um show de realidade banal. Se tivesse que traí-lo, coisa que já tinha recusado uma vez, não seria na minha cama.

Então me ocorreu que também a câmera espiava a nós dois. Tinha sido testemunha das nossas noites, dos gritos, dos suspiros; das vezes em que deitávamos, paralelos e satisfeitos, nas nossas solidões; das conversas, dos abraços; do sono infantil, dos hálitos da manhã.

Ele poderia rever tudo a qualquer momento. Ou mostrar para quem quisesse. Ou ainda, deixar vazar minhas palavras, meu corpo, para a nuvem que desejasse.

Tremo ao pensar que José tem tudo isso em seu poder. Tremo de ódio, de vergonha. Como eu pude me enganar tanto?

Sem pensar, ligo para o celular dele. Uma, duas, três vezes. Na quarta, ele atende, alarmado. Estava no encontro com o amigo. Ou talvez fosse com a tal mulher.

Preciso falar com você com urgência.

Mas o que foi? Você saiu de repente, parecia que não queria falar.

Não é isso.

Então o que é?

Vou sair com minha filha pro shopping. De lá ela vai direto para uma festa. Te encontro na minha casa às dez.

Posso ouvir a respiração do outro lado. Soa como um suspiro resignado e ao mesmo tempo satisfeito.

Antes de sair com Alice, coloco um vinho na geladeira. Não, não ia tapar a lâmpada pinhole com um esparadrapo, nem furar o pequeno olho de vidro; isso estragaria a surpresa.

Enquanto eu e minha filha percorremos as lojas, não consigo parar de pensar: o que ele pretendia com aquela câmera; com que frequência a controlava; por que tinha me comunicado sua aventura justo às vésperas do ano novo, nem antes nem depois; como passara uma semana, ou talvez mais, fingindo; como aquilo tudo poderia se ajustar à imagem que eu fazia dele. O novelo dos pensamentos era cortado de tempos em tempos pela voz da minha filha, você não me ouve, mãe? Esse vestido não caiu bem. E virava de lado, de frente, arrepanhava os cabelos, chupava a barriga para dentro. O que você acha?

Achei bonito.

Você tá dizendo qualquer coisa. Não reparou nessa cintura? Tá horrorosa.

Eu poderia exigir as gravações, mas não teria como garantir que não havia cópias. Não, o que foi gravado não seria apagado.

Mas pelo menos que não se espalhasse. De alguma forma, ele precisava ter medo.

Ou será que no fundo eu queria que reatássemos? Ao pensar nisso a repulsa me atinge como um punho. Nunca mais tocar aquela pele velha.

Então lembrei da alergia. José não podia comer canela que ficava todo empelotado. Fico tão excitada ao pensar isso que minha filha nota.

Mãe, vamos! O que você tá fazendo parada sorrindo aí?

Vou confrontá-lo. Dizer que sei de tudo. Mas antes, antes ofereço uma boa taça de vinho, para uma conversa civilizada. Ele nunca recusa uma bebidinha. Coloco a canela. Um tantinho já vai ser suficiente.

Minha filha falava e eu tinha que responder alguma coisa de novo. Que sabor de Pretzel devia escolher? Estamos na lanchonete e quando Alice estiver de barriga cheia o humor vai melhorar. Depois de rodar por algumas lojas, ela voltará a experimentar a primeira roupa da série e procurará no meu rosto sinais de aprovação, ou antes, de reprovação (ela farejava de longe qualquer movimento em falso).

Tá ótimo.

Ela se resigna. Sairá vestida direto para a festa, porque já está atrasada para chegar à casa da amiga, de onde irão de uber para a Barra. É uma festa de pré-ano-novo, que o grupo de amigos resolveu fazer porque na virada de ano cada um já tinha seu próprio programa. Eu a levo até lá, dou o dinheiro do táxi da volta e me preparo para receber José.

A campainha toca. O som estridente me acelera o sangue e me faz saltar do sofá. Começo a contar um dois três para me acalmar, mas antes de chegar ao dez já estou na soleira abrindo a porta e deixando José entrar como um toureiro deixa passar o touro.

Minotauro, pensei. Não o de Picasso, mas aquele que venho desenhando com paciência e fervor.

A coisa toda se mistura na minha cabeça. Houve uma conversa em voz baixa, represada. Houve sorrisos irônicos, sarcásticos. Olhos marejados, bocas torcidas. Eu ofereço o vinho e ele aceita.

Trago da cozinha duas taças cheias, uma delas contendo pó de canela. Ele sorve o tinto em pequenos goles, arrematados com uma espécie de careta. Revelo que encontrei a pequena câmera, e ele nega. Não fui eu, claro que não fui eu, por que eu faria isso? Os braços, as pernas coçam, ele todo se agita, os dedos esfregando a pele, primeiro de forma ocasional, depois furiosamente.

Vejo o rosto dele mudado, o corpo avançando na minha direção. Minha mão direita alcança e segura a garrafa de vinho. Ele me empurra, tenta me imobilizar, fazer com que me ajoelhe. Ah, desta vez não. Minha mão voa até a testa onde se destacam apenas os parcos cabelos. Numa súbita explosão, os fios se tornam melados e coroados de cacos de vidro.

Ele cai bem devagar, como se escorregasse dos meus braços. Olho para a poça vermelha e não distingo o que é vinho do que é sangue.

Mas não, também este capítulo é obviamente falso.

Com pinceladas espessas, tento fazer o retrato de Maria na casa das freiras. É um quadro sombrio, no qual o corpo dela se confunde com as sombras do recolhimento e da tristeza. Freiras sempre me assustaram, com seus mantos de castidade mal-lavada. O cheiro de morrinha, os gestos calculados, a piedade forçada, tudo me causa repulsa. Entretanto, para Maria essas mulheres devem ter sido um descanso. Com seus corpos fechados, suas regras, sua lentidão, abriam um espaço de silêncio no meio da dor.

Uma procissão de freiras ocupa a primeira metade do quadro. No canto direito, de pé, Maria olha para as próprias mãos. Sua boca entreaberta não entende o que vê. Uma, duas e três vezes, cubro o rosto encovado de tinta vermelha. Os lábios são duas gordas fatias de sangue.

Em todos aqueles meses, ela tivera algum momento de alegria? Um sopro de esperança, de beleza? Só se sentira realmente viva no capítulo falso? Ou a vida se tece também no seu avesso?

Minha mão treme quando pinto Maria. É a primeira vez em muito tempo que uso cores. Hesito ao usar os tons, que vão do ocre ao preto mais fechado. Contra o fundo branco das freiras, o corpo de Maria se destaca como uma doença.

Essa doença é a única coisa viva ali. Ao golpear o seu corpo de tinta, uma espécie de euforia me invade. A tinta é espessa e escorregadia como terra depois da chuva. Ela escorre em camadas pelas costas curvadas.

Volto ao rosto de Maria. Com a ponta do pincel, faço no lugar da boca uma curva elegante e um sorriso se insinua. Mas não sei se é um sorriso de alívio ou de ódio.

NO MEIO da madrugada, acordei de sonhos intranquilos. Os fragmentos boiavam numa massa indistinta de sonho: José tinha instalado uma câmera na minha cama e me observado dançar Besame Mucho com um senhor rico e desinteressante. Enfurecido, começa a me perseguir. Tem uma arma nas mãos e quer me matar. Sou defendida pelo pai de uma amiga minha de infância, um homem muito carinhoso e brincalhão. Ele pendura um cartaz em José, que agora parece um boneco. Corta para uma cena em que eu e Maria, no sonho minha empregada e confidente, fugimos de José. Antes de pularmos pela única janela aberta, Maria diz: Espera, e vai buscar um facão que estava escondido dentro de um aquecedor a gás. Em outro fragmento, o cenário é de guerra e horror: estamos sob bombardeio em Israel. As bombas caem e por todo lado pipocam incêndios. A sensação é de fim de mundo. Estou com duas crianças nos braços e procuro um lugar seguro para deixá-las. O calor é insuportável. Finalmente as deposito em dois grandes caixotes forrados com grama e que parecem mais frescos. Entretanto, há entre uma e outra detonação cenas de oásis em que homens sentam-se como se estivessem num piquenique e trocam suas histórias com orgulho viril.

Aos poucos, as sombras do sonho vão se dissipando. Antes de voltar a dormir, abro a gaveta onde José guardava as coisas dele: uma escova com fios de cabelo cor de prata suja, uma bermuda de garoto, duas camisetas desmazeladas, um nécessaire com escova de dentes, pasta e desodorante.

Metodicamente, vou quebrando, cortando e rasgando. Não dá pra quebrar o cabo da escova, então arranco as cerdas uma a uma. As roupas eu corto com a tesoura de unha, e acabo o serviço com as mãos. Lambuzo os restos com a pasta e o desodorante. Quando termino, coloco tudo num saco de lixo – daqueles pretos, que cobrem os mortos – e escrevo no celular uma mensagem informando que as coisas dele estão na portaria.

Maria desembarcou no Brasil seis meses depois da sua partida para Portugal. Era um fiapo de gente, uma penca de ossos sob a pele gasta. Fubenta. A mãe de Maria esfregava e batia as roupas com o sabão em barra, enquanto cantava uma música de lamento que também ouvira da sua mãe. Com o tempo, o preto da roupa ia desbotando e ficando fubento. Olha só, a mãe dizia, com raiva, que malha vagabunda. Maria olhava para a própria pele e pensava, fubenta, fubenta.

Não conseguiu esperar a irmã chegar no aeroporto. Tinha medo de ficar lá parada enquanto um monte de gente bulia à sua volta. Tinha medo dos homens e tinha medo das mulheres. Reconhecia as caras, mãos, vozes, todas misturadas e fora do lugar. Pegou um táxi com o dinheiro que tinham lhe dado e foi direto para casa.

Abriu a mala e foi tirando peça por peça. Não era muita coisa, algumas blusinhas, um casaco, duas saias. A filha ficou olhando, porque a mãe não dissera nada ainda e ela sentiu que aquelas eram as suas primeiras palavras. Um fósforo, pediu Maria, com voz neutra. Segurou as roupas entre os braços e foi embalando-as até o quintal, onde fez um montinho misturado com galhos e folhas. Riscou o fósforo e ficou lá parada até morrerem as últimas brasas.

Quando terminou, seus olhos estavam secos. Atirou-se na cama e dormiu por 20 horas seguidas. De vez em quando, Jaqueline ia ver se a mãe estava viva. Como com os bebês, chegava a mão perto da narina e sentia o quentinho do ar entrando e saindo.

Os dias seguintes foram de comer, beber, ver televisão e dormir. Era difícil reconhecer no corpo apático a Maria forte de antes, e todo dia Jaqueline chorava um pouquinho, mas um pouco mais do que na época em que não tivera nenhuma notícia da mãe. Quase toda semana a levava para fazer exames, podia ter pegado alguma doença do sexo. Iam também ao psicólogo e ao psiquiatra, que prescreveu uns remédios de tarja preta. Os médicos explicaram que Maria tinha depressão, e Jaquie rezava todo dia depois do choro para a mãe acordar um belo dia e chamá-la, filha, vem me ajudar a fazer maçã do amor.

O ESPELHO te olha e a luz branca não ajuda. Você vira de lado, torce o corpo para olhar a bunda, as costas. Horrível. A bunda parece ainda mais murcha, a cintura é de menino.

Mãe!

Você não entende por que a cara da sua mãe é assim. Cara redonda e de bochechas murchas, cara de lua. Você também tem cara de lua, herdou isso dela, mas as bochechas são rosadas e frescas. Aliás, também herdou a bunda murcha, infelizmente. O problema é que ela simplesmente não entende nada. Não sabe se é porque está cagando pra você, ou porque vive no mundo da lua, ou porque tem mau gosto mesmo.

Mãe, não é possível.

Daqui a pouco você tem que estar na casa da amiga e não consegue achar o vestido certo. Você sabe exatamente o que quer, um vestido preto de costas nuas e transparências estratégicas, mas ou esse vestido não existe, ou é você que não existe para o vestido. Isso te deixa louca, e também com muita fome.

Vamos para a outra loja. Não, vamos comer primeiro.

Sua mãe te segue como uma zumbi. Você sente que alguma coisa aconteceu com ela, seu peito aperta, mas afasta o sentimento e reserva, como quando faz comida. Agora não tem tempo pra isso. O Lucas vai estar na festa. Sente a pontada familiar no estômago quando repete mentalmente o nome dele, Lu-cas. O garoto alto, magro e meio cínico com quem você troca farpas quase todo dia no chat.

Você quer entrar na noite, se misturar nela. Na verdade, você sabe que Lucas é só mais um item na noite. O vestido também é um detalhe, um item da espera. Mesmo assim você se debate, se enfurece. Fica em dúvida sobre que sabor escolher e em seguida devora o Pretzel. Depois voltam para a primeira loja e você sai com o primeiro vestido que experimentou.

Agora vamos!

Você não se lembra dos dias em que sua mãe contemplava o seu corpinho pousado na almofada gigante, sem acreditar na própria sorte; não se lembra das tardes em que o balanço da música de ninar as segurava bem no meio do mundo; não se lembra das madrugadas em que acordava com berros pavorosos e só se acalmava nos braços dela.

Está chegando a hora, e a noite é sua.

Um ano depois do retorno de Maria, em um evento em Recife, o juiz Romilson Peixoto explicava à audiência que a legislação relativa a tráfico de pessoas é muito tímida. Trata-se de um crime vantajoso, se comparado ao tráfico de armas e drogas, sendo mais difícil demonstrar sua materialidade, uma vez que o objeto do crime é a própria vítima. Essa vítima, por medo de represálias, frequentemente se recusa a colaborar com a Justiça. Além disso, a utilização das leis para processar e condenar os traficantes é limitada: atualmente, a pena é a mesma de condenações por tráfico internacional de armas: quatro a oito anos de reclusão e multa, e inferior ao crime de tráfico de drogas: reclusão de cinco a quinze anos e multa a ser determinada pelo juiz.

É o final de uma manhã cansativa de conferências. A programação atrasou e, enquanto uns homens sussurram comentários, outros se levantam e vão saindo para o almoço. Na plateia, uma moça negra de óculos que toma notas sem parar espera até o final para fazer suas perguntas.

Esta noite voltei a sonhar com Maria. Estava deitada num caixão branco, como são enterradas as virgens, e cercada de rosas vermelhas. O salão estava vazio e silencioso. Eu me aproximei devagar e no caminho tropecei em algo duro. Quando olhei para baixo, vi que no chão havia vários caixõezinhos, coloridos como brinquedos de encaixar. Eu tinha tropeçado num cor de rosa, e fiquei olhando para o caixãozinho virado tentando me convencer de que não adiantaria nada abri-lo, que o bebê lá dentro já estava morto mesmo. Coloco o pequeno caixão na bolsa, dizendo a mim mesma que resolverei depois o que fazer com ele. Eu queria colocar umas pedrinhas ao lado do caixão de Maria, como se numa lápide de cemitério judaico. Quando afasto as rosas para abrir espaço para os pequenos seixos, um espinho fura o meu dedo, que começa a sangrar. Chupo o sangue do dedo, e quando volto a olhar o caixão, Maria não estava mais lá.

Amanheceu e já é véspera de ano novo. Da varanda, contemplo o cenário coberto de nuvens cor de rosa. Parece que não se mexem, mas se me distraio e olho novamente, tomaram novas formas e cores. Algodões gigantes se esgarçaram em fiapos, coelhos se tornaram ursos, tapetes viraram bolotas brancas, como pipocas.

Deixo o saco de lixo na portaria e passo o dia arrumando a casa para o réveillon. Arrumo, esfrego, lavo, canto, preparo a comida. Não sei se minha filha vem. Ainda não voltou da casa da amiga e disse que não sabia onde passaria a meia-noite.

Quando começa a anoitecer, vou até o quartinho que uso como ateliê e levo para a varanda os trabalhos que fiz nos últimos meses. Encostados na parede do lado direito, disponho os desenhos da série dos minotauros, e à esquerda monto o cavalete com o retrato de Maria na casa das freiras. Abro um vinho e acompanho no relógio a chegada da meia-noite.

Mas antes que os fogos de artifício estourem e derramem seu rastro de luz, ouço passos no corredor. Dentro do peito, meu coração bate como asas. Mãe, ela me chama assim que abre a porta.

NOTA DA AUTORA

A história de Maria foi livremente inspirada na reportagem "Me chamavam de Xica da Silva, Mônica e Pilar, até o dia que passaram a me chamar de Tristeza", escrita e publicada por Leandro Barbosa no site The Intercept_Brasil, em 26 de dezembro de 2017.

Esta obra foi composta em Corundum Text Book
e impressa em papel pólen bold 90 g/m^2 para a
Editora Reformatório, em maio de 2023.